Hermano de fuego

HERMANO DE FUEGO

Rose Gate

Diseño de cubierta: Kramer H.

Corrección: Noni García

Índice

Agradecimientos

¿Y a hora que digo yo de este libro?

Pues que me ha convertido en una yonki de estos dos hermanos, que no sabéis lo que los estoy disfrutando y que lo que en principio eran dos libros, se han convertido en más, porque ciertos personajes me gritan sus historias.

Si Noah fue hielo, preparaos para arder con Dylan.

Este libro lo he escrito en plena ola de calor, quizá por eso provoque más de un incendio.

Quiero darles las gracias a mi marido e hijos, porque como siempre me dicen, convivo con ellos en un mundo paralelo. Por mis ausencias aun estando presente, mis desconexiones en directo, mis interrupciones porque me toca poner la publi o hablar con las lectoras... Gracias por vuestra paciencia.

A mi equipo, los que aguantan mis idas de olla, que me leen capítulo a capítulo antes de que esto lllegue a vuestras manos. Con los que debato, río y me como la cabeza: Nani Mesa, Esmeralda Fernández, Sonia Martínez, Marisa Gallén, Noni García y Kramer H. Sabéis que sin vosotros esto nunca sería lo mismo. Gracias por ponerle tanto amor, por romperos los cuernos conmigo y convertir uno de mis libros en parte de nuestras vidas.

A unas colaboradoras especiales, que he tenido tanto en Hielo, como en fuego, mis norteñas, las chicas de los libros, quienes han vivido estas historias jjunto a mí: Anuska, Valeria, Luz. Sois maravillosas.

A mi Tania Espelt, quien está llevando adelante todas las LC que hacemos en Telegram, infatigable administradora de Adictas a Rose Gate y amiga por elección. Por muchos años juntas.

A mis satánicas preferidas, a quien la vida ha puesto en mi camino y me han hecho madrina de su grupo: Hijas de Satán, sabéis que todas ocupáis un pedazito de mi corazón, y aunque ya he achuchado a alguna en directo, espero poder hacerlo con todas.

A mi geme, Anny Peterson, por nuestras charlas infinitas, investigaciones criminales e idas de olla. Te super quiero monstrua.

A Noelia Frutos, Rocío, Eva Duarte, Lola Pascual, Mada, Edurne Salgado, Eva Suarez, Vanessa (Vanessa_books), Bronte Rochester, Piedi Lectora, Elysbooks, Patri (@la_biblioteca_de_Pat), Maca (@macaoremor), Saray (@everlasting_reader), Vero (@vdevero), Akara Wind, Helen Rytkönen, @Merypoppins750, Lionela23, lisette, Marta (@martamadizz), Montse Muñoz, Olivia Pantoja, Rafi Lechuga, Teresa (@tetebooks), Yolanda Pedraza, Ana Gil (@somoslibros), Merce1890, Beatriz Ballesteros. Silvia Mateos, Arancha Eseverri, Paulina Morant, Mireia Roldán, Maite López, Analí Sangar, Garbiñe Valera, Silvia Mateos, Ana Planas, Celeste Rubio, Tamara Caballero, Toñi, Irene

A todos los grupos de Facebook que me permiten publicitar mis libros, que ceden sus espacios desinteresadamente para que los *indies* tengamos un lugar donde *spamear*. Muchas gracias.
A las *bookstagramers* que leéis mis libros y no dudáis en reseñarlos para darles visibilidad.

A todos aquellos lectores que siempre dejáis vuestro nombre bajo el *post* de Facebook o Instagram:

Irene Bueno, Alicia Barrios, Mónica Rodrigues, Luz Anayansi Muñoz. Reme Moreno, Kathy Pantoja y al Aquelarre de Rose: Jessica Adilene Rodríguez, Gabi Morabito, Cristy Lozano, Morrigan Aisha, Melissa Arias, Vero López. Eva P. Valencia, Jessica Adilene Rodríguez, Gabi Morabito, Cristy Lozano, Morrigan Aisha, Melissa Arias, Vero López, Ainy Alonso, Ana Torres, Alejandra Vargas Reyes, Alexandra Rueda, Almudena Valera, Amelia Sánchez, Amelia Segura, Ana Cecilia Gutierrez, Ana de la Cruz, Ana Farfan Tejero, Ana FL y su página Palabra de pantera, Ana García, Ana Gracía Jiménez, Ana Guerra, Ana Laura Villalba, Ana María Manzanera, Ana Maria Padilla, Ana Moraño, Ana Planas, Ana Vanesa María, Anabel Raya, Ángela Martínez, Ale Osuna, Alicia Barrios,

Hermano de fuego

Amparo Godoy, Amparo Pastor, Ana Cecilia, Ana Cecy, Ana de la Cruz Peña, Ana Maria Aranda, Ana María Botezatu, Ana Maria Catalán, Ana María Manzanera, Ana Plana, Anabel Jiménez, Andy García, Ángela Ruminot, Angustias Martin, Arancha Álvarez, Arancha Chaparro, Arancha Eseverri, Ascensión Sánchez, Ángeles Merino Olías, Daniela Mariana Lungu, Angustias Martin, Asun Ganga, Aurora Reglero, Beatriz Carceller, Beatriz Maldonado, Beatriz Ortiz, Beatriz Sierra Ponce, Bertha Alicia Fonseca, Beatriz Sierra, Begoña Llorens, Berenice Sánchez, Bethany Rose, Brenda González, Carmen Framil, Carmen Lorente, Carmen Rojas, Carmen Sánchez, Carola Rivera, Catherine Johanna Uscátegui, Cielo Blanco, Clara Hernández, Claudia Sánchez, Cristina Martin, Crusi Sánchez Méndez, Chari Guerrero, Charo Valero, Carmen Alemany, Carmen Framil, Carmen Pérez, Carmen Pintos, Carmen Sánchez, Catherinne Johana Uscátegui, Claudia Cecilia Pedraza, Claudia Meza, Consuelo Ortiz, Crazy Raider, Cristi PB, Cristina Diez, Chari Horno, Chari Horno Hens, Chari Llamas, Chon Tornero, D. Marulanda, Daniela Ibarra, Daniela Mariana Lungu Moagher, Daikis Ramírez, Dayana Lupu, Deborah Reyes, Delia Arzola, Elena Escobar, Eli Lidiniz, Elisenda Fuentes, Emrisha Waleska Santillana, Erika Villegas, Estefanía Soto, Elena Belmonte, Eli Mendoza, Elisabeth Rodríguez, Eluanny García, Emi Herrera, Enri Verdú, Estefanía Cr, Estela Rojas, Esther Barreiro, Esther García, Eva Acosta, Eva Lozano, Eva Montoya, Eva Suarez Sillero, Fati Reimundez, Fina Vidal, Flor Salazar, Fabiola Melissa, Flor Buen Aroma, Flor Salazar, Fontcalda Alcoverro, Gabriela Andrea Solis, Gemma Maria Párraga, Gael Obrayan, Garbiñe Valera, Gema María Parraga , Gemma Arco, Giséle Gillanes, Gloria Garvizo, Herenia Lorente Valverde, Inma Ferreres, Inma Valmaña, Irene Bueno, Irene Ga Go, Isabel Lee, Isabel Martin Urrea, Itziar Martínez , Inés Costas, Isabel Lee, Itziar Martínez López, Jenny López, Juana Sánchez Martínez, Jarroa Torres, Josefina Mayol Salas, Juana Sánchez, Juana Sánchez Martínez, Juani Egea, Juani Martínez Moreno, Karito López, Karla CA, Karen Ardila, Kris Martin, Karmen Campello, Kika DZ, Laura Ortiz Ramos, Linda Méndez, Lola Aranzueque, Lola Bach, Lola Luque, Lorena de la Fuente, Lourdes Gómez, Luce Wd Teller, Luci Carrillo, Lucre Espinoza, Lupe Berzosa, Luz Marina Miguel, Las Cukis, Lau Ureña, Laura Albarracin, Laura Mendoza, Leyre Picaza, Lidia Tort, Liliana Freitas, Lola Aranzueque, Lola Guerra, Lola Gurrea, Lola Muñoz, Lorena Losón, Lorena Velasco, Magda Santaella, Maggie Chávez, Mai Del Valle, Maite Sánchez, Mar Pérez, Mari Angeles Montes, María Ángeles Muñoz, María Dolores Garcia, M

Constancia Hinojosa, Maite Bernabé, Maite Sánchez, Maite Sánchez Moreno, Manuela Guimerá Pastor, Mar A B Marcela Martínez, Mari Ángeles Montes, Mari Carmen Agüera, Mari Carmen Lozano, María Camús, María Carmen Reyes, María Cristina Conde Gómez, María Cruz Muñoz, María del Mar Cortina, María Elena Justo Murillo, María Fátima González, María García , María Giraldo , María González , María González Obregón, Maria José Estreder , María José Felix Solis , Maria José Gómez Oliva , María Victoria Alcobendas , Mariló Bermúdez , Marilo Jurad, Marimar Pintor, Marisol Calva , Marisol Zaragoza, Marta Cb, Marta Hernández, Martha Cecilia Mazuera, Maru Rasia, Mary Andrés, Mary Paz Garrido, Mary Pérez, Mary Rossenia Arguello Flete, Mary RZ, Massiel Caraballo, May Del Valle, Mencía Yano, Mercedes Angulo, Mercedes Castilla, Mercedes Liébana, Milagros Rodríguez, Mireia Loarte Roldán, Miryam Hurtado, Mº Carmen Fernández Muñiz, Mónica Fernández de Cañete , Montse Carballar, Mónica Martínez, Montse Elsel, Montserrat Palomares, Myrna de Jesús, María Eugenia Nuñez, María Jesús Palma, María Lujan Machado, María Pérez, María Valencia, Mariangela Padrón, Maribel Diaz, Maribel Martínez Alcázar, Marilu Mateos, Marisol Barbosa, Marta Gómez, Mercedes Toledo, Moni Pérez, Monika González, Monika Tort, Nadine Arzola, Nieves López, Noelia Frutos, Noelia Gonzalez, Núria Quintanilla, Nuria Relaño, Nat Gm, Nayfel Quesada, Nelly, Nicole Briones, Nines Rodríguez, Ñequis Carmen García, Oihane Mas, Opic Feliz, Oana Simona, Pamela Zurita, Paola Muñoz, Paqui Gómez Cárdenas, Paqui López Nuñez, Paulina Morant, Pepi Delgado, Peta Zetas, Pilar Boria, Pilar Sanabria, Pili Doria, Paqui Gómez, Paqui Torres, Prados Blazquez, Rachel Bere, Raquel Morante, Rebeca Aymerich, Rebeca Gutiérrez, Rocío Martínez, Rosa Freites, Ruth Godos, Rebeca Catalá, Rocío Ortiz, Rocío Pérez Rojo , Rocío Pzms, Rosa Arias Nuñez , Rosario Esther Torcuato, Rosi Molina, Rouse Mary Eslo, Roxana-Andreea Stegeran, Salud Lpz, Sandra Arévalo, Sara Lozano, Sara Sánchez, Sara Sánchez Irala, Sonia Gallardo, Sylvia Ocaña, Sabrina Edo, Sandra Solano, Sara Sánchez, Sheila Majlin, Sheila Palomo, Shirley Solano, Silvia Loureiro, Silvia Gallardo, Sonia Cullen, Sonia Huanca, Sonia Rodríguez, Sony González, Susan Marilyn Pérez, Tamara Rivera, Toñi Gonce , Tania Castro Allo, Tania Iglesias, Toñi Jiménez Ruiz, Verónica Cuadrado, Valle Torres Julia, Vanesa Campos, Vanessa Barbeito, Vanessa Díaz , Vilma Damgelo, Virginia Lara, Virginia Medina, Wilkeylis Ruiz, Yojanni Doroteo, Yvonne Mendoza, Yassnalí Peña, Yiny Charry, Yohana Tellez, Yolanda Sempere, Yvonne Pérez, Montse Suarez, Chary Horno, Daikis Ramirez, Victoria Amez, Noe Saez,

Hermano de fuego

Sandra Arizmendi, Ana Vanesa Martin, Rosa Cortes, Krystyna Lopez, Nelia Avila Castaño, Amalia Sanchez, Klert Guasch Negrín, Elena Lomeli, Ana Vendrell, Alejandra Lara Rico, Liliana Marisa Scapino, Sonia Mateos, Nadia Arano, Setefilla Benitez Rodriguez, Monica Herrera Godoy, Toñi Aguilar Luna, Raquel Espelt Heras, Flor Guillen, Luz Gil Villa, Maite Bernabé Pérez, Mari Segura Coca, Raquel Martínez Ruiz, Maribel Castillo Murcia, Carmen Nuñez Córdoba, Sonia Ramirez Cortes, Antonia Salcedo, Ester Trigo Ruiz, Yoli Gil, Fernanda Vergara Perez, Inma Villares, Narad Asenav, Alicia Olmedo Rodrigo, Elisabet Masip Barba, Yolanda Quiles Ceada, Mercedes Fernandez, Ester Prieto Navarro, María Ángeles Caballero Medina, Vicky Gomez De Garcia, Vanessa Zalazar, Kuki Pontis Sarmiento, Lola Cayuela Lloret, Merche Silla Villena, Belén Romero Fuentes, Sandrita Martinez M, Britos Angy Beltrán, Noelia Mellado Zapata, Cristina Colomar, Elena Escobar Llorente, Nadine Arzola Almenara, Elizah Encarnacion, Jésica Milla Roldán, Ana Maria Manzanera, Brenda Cota, Mariló Bermúdez González, María Cruz Muñoz Pablo, Lidia Rodriguez Almazan, Maria Cristina Conde Gomez, Meztli Josz Alcántara, Maria Garabaya Budis, Maria Cristina Conde Gomez , Osiris Rodriguez Sañudo , Brenda Espinola, Vanessa Alvarez, Sandra Solano, Gilbierca María, Chanty Garay Soto, Vane Vega, María Moreno Bautista, Moraima selene valero López, Dalya Mendaña Benavides, Mercedes Pastrana, Johanna Opic Feliz, María Santos Enrique, Candela Carmona, Ana Moraño Dieguez, Marita Salom, Lidia Abrante, Aradia Maria Curbelo Vega, Gabriela Arroyo, Berenice Sanchez, Emirsha Waleska Santillana, Luz Marina Miguel Martin, Montse Suarez, Ana Cecy, Maria Isabel Hernandez Gutierrez, Sandra Gómez Vanessa Lopez Sarmiento, Melisa Catania, Chari Martines, Noelia Bazan, Laura Garcia Garcia, Alejandra Lara Rico, Sakya Lisseth Mendes Abarca , Sandra Arizmendi Salas , Yolanda Mascarell, Lidia Madueño, Rut Débora PJ, Giséle Gillanes , Malu Fernandez , Veronica Ramon Romero, Shirley Solano Padilla , Oscary Lissette, Maria Luisa Gómez Yepes, Silvia Tapari , Jess GR , Carmen Marin Varela, Rouse Mary Eslo, Cruella De Vill, Virginia Fernandez Gomez, Paola Videla, Loles Saura, Bioledy Galeano, Brenda Espinola,Carmen Cimas Benitez, Vanessa Lopez Sarmiento, Monica Hernando, Sonia Sanchez Garcia, Judith Gutierrez, Oliva Garcia Rojo, Mery Martín Pérez, Pili Ramos, Babi PM, Daniela Ibarra, Cristina Garcia Fernandez, Maribel Macia Lazaro, Meztli Josz Alcántara, Maria Cristina Conde Gomez, Bea Franco, Ernesto Manuel Ferrandiz Mantecón. Brenda Cota, Mary Izan, Andrea Books Butterfly,

Luciene Borges, Mar Llamas, Valenda_entreplumas, Joselin Caro Oregon, Raisy Gamboa, Anita Valle, M.Eugenia, Lectoraenverso_26, Mari Segura Coca, Rosa Serrano, almu040670.-almusaez, Tereferbal, Adriana Stip, Mireia Alin, Rosana Sanz, turka120, Yoly y Tere, LauFreytes, Piedi Fernández, Ana Abellán, ElenaCM, Eva María DS, Marianela Rojas, Verónica N.CH, Mario Suarez, Lorena Carrasco G, Sandra Lucía Gómez, Mariam Ruiz Anton, Vanessa López Sarmiento, Melisa Catania, Chari Martines, Noelia Bazan, Laura Garcia Garcia, Maria Jose Gomez Oliva, Pepi Ramirez Martinez, Mari Cruz Sanchez Esteban, Silvia Brils, Ascension Sanchez Pelegrin, Flor Salazar, Yani Navarta Miranda, Rosa Cortes, M Carmen Romero Rubio, Gema Maria Párraga de las Morenas, Vicen Parraga De Las Morenas, Mary Carmen Carrasco, Annie Pagan Santos, Dayami Damidavidestef, Raquel García Diaz, Lucia Paun, Mari Mari, Yolanda Benitez Infante, Elena Belmonte Martinez, Marta Carvalho, Mara Marin, Maria Santana, Inma Diaz León, Marysol Baldovino Valdez, Fátima Lores, Fina Vidal Garcia, Moonnew78, Angustias Martín, Denise Rodríguez, Verónica Ramón, Taty Nufu, Yolanda Romero, Virginia Fernández, Aradia Maria Curbelo, Verónica Muñoz, Encarna Prieto, Monika Tort, Nanda Caballero, Klert Guash, Fontcalda Alcoverro, Ana MªLaso, Cari Mila, Carmen Estraigas, Sandra Román, Carmen Molina, Ely del Carmen, Laura García, Isabel Bautista, MªAngeles Blazquez Gil, Yolanda Fernández, Saray Carbonell, MªCarmen Peinado, Juani López, Yen Cordoba, Emelymar N Rivas, Daniela Ibarra, Felisa Ballestero, Beatriz Gómez, Fernanda Vergara, Dolors Artau, María Palazón, Elena Fuentes, Esther Salvador, Bárbara Martín, Rocío LG, Sonia Ramos, Patrícia Benítez, Miriam Adanero, MªTeresa Mata, Eva Corpadi, Raquel Ocampos, Ana Mª Padilla, Carmen Sánchez, Sonia Sánchez, Maribel Macía, Annie Pagan, Miriam Villalobos, Josy Sola, Azu Ruiz, Toño Fuertes, Marisol Barbosa, Fernanda Mercado, Pili Ramos, MªCarmen Lozano, Melani Estefan Benancio, Liliana Marisa Scarpino, Laura Mendoza, Yasmina Sierra, Fabiola Martínez, Mª José Corti Acosta, Verónica Guzman, Dary Urrea, Jarimsay López, Kiria Bonaga, Mónica Sánchez, Teresa González, Vanesa Aznar, MªCarmen Romero, Tania Lillo, Anne Redheart, Soraya Escobedo, Laluna Nada, Mª Ángeles Garcia, Paqui Gómez, Rita Vila, Mercedes Fernández, Carmen Cimas, Rosario Esther Torcuato, Mariangeles Ferrandiz, Ana Martín, Encarni Pascual, Natalia Artero, María Camús, Geral Sora, Oihane Sanz, Olga Capitán, MªJosé Aquino, Sonia Arcas, Opic Feliz, Sonia Caballero, Montse Caballero, María Vidal, Tatiana Rodríguez, Vanessa Santana, Abril Flores, Helga Gironés,Cristina Puig, María Pérez, Natalia Zgza, Carolina Pérez, Olga

Hermano de fuego

Montoya, Tony Fdez, Raquel Martínez, Rosana Chans, Yazmin Morales, Patri Pg, Llanos Martínez, @amamosleer_uy, @theartofbooks8, Eva Maria Saladrigas, Cristina Domínguez González (@leyendo_entre_historia), @krmenplata, Mireia Soriano (@la_estanteria_de_mire), Estíbaliz Molina, @unlibroesmagia, Vanesa Sariego, Wendy Reales, Ana Belén Heras, Elisabet Cuesta, Laura Serrano, Ana Julia Valle, Nicole Bastrate, Valerie Figueroa, Isabel María Vilches, Nila Nielsen, Olatz Mira, @marta_83_girona, Sonia García, Vanesa Villa, Ana Locura de lectura, 2mislibrosmisbebes, Isabel Santana, @deli_grey.anastacia11, Andrea Pavía, Eva M. Pinto, Nuria Daza, Beatriz Zamora, Carla ML, Cristina P Blanco (@sintiendosuspaginas), @amatxu_kiss, @yenc_2019, Gabriela Patricio, Lola Cayuela, Sheila Prieto, Manoli Jodar, Verónica Torres, Mariadelape @peñadelbros, Yohimely Méndez, Saray de Sabadell, @littleroger2014, @mariosuarez1877, @morenaxula40, Lorena Álvarez, Laura Castro, Madali Sánchez, Ana Piedra, Elena Navarro, Candela Carmona, Sandra Moreno, Victoria Amez, Angustias Martin, Mariló Bermúdez, Maria Luisa Gómez, María Abellán, Maite Sánchez, Mercedes Pastrana, Ines Ruiz, Merche Silla, Lolin García, Rosa Irene Cue, Yen Córdoba, Yolanda Pedraza, Estefanías Cr, Ana Mejido, Beatriz Maldonado, Liliana Marisa Scarpino, Ana Maria Manzanera, Joselin Caro, Yeni Anguiano, María Ayora, Elsa Martínez, Eugenia Da Silva, Susana Gutierrez, Maripaz Garrido, Lupe Berzosa, Ángeles delgado, Cris Fernández Crespo, Marta Olmos, Marisol, Sonia Torres, Jéssica Garrido, @laurabooksblogger, Cristina León, Ana Vendrell, M Pulido, Constans, Yeimi Guzman, Lucía Pastor, Aura Tuy, Elena Bermúdez, Montse Cañellas, Natali Navarro, Cynthia Cerveaux, Marisa Busta, Beatriz Sánchez, Fatima (@lecturas de faty), Cristina Leon, Verónica Calvo, Cristina Molero, @lola.loita.loliya, Mª Isabel Hernández, May Hernández, @isamvilches, May Siurell, Beatriz Millán, @Rosariocfe65, Dorina Bala, Marta Lanza, Ana Belén Tomás, Ana García, Selma, Luisa Alonso, Mónica Agüero, Pau Cruz, Nayra Bravo, Lore Garnero, Begikat2, Raquel Martínez, Anabel Morales, Amaia Pascual, Mabel Sposito, Pitu Katu, Vanessa Ayuso, Elena Cabrerizo, Antonia Vives, Cinthia Irazaval, Marimar Molinero, Ingrid Fuertes, Yaiza Jimenez, Ángela García, Jenifer G. S, Marina Toiran, Mónica Prats, Alba Carrasco, Denise Bailón (@amorliteral), Elena Martínez, Bárbara Torres, Alexandra álverez, @Silvinadg9, Silvia Montes, Josefina García, Estela Muñoz, Gloria Herreros, @Mnsgomezig, @sassenach_pol, Raquelita @locasdelmundo, Leti Leizagoyen, Soledad Díaz, Frank Jirón, Keilan.Setuto,

@annadriel Anna Martin, Ivelise Rodríguez, Olga Tutiven, María del Mar, Yolanda Faura, Inma Oller, Milagros Paricanaza, Belén Pérez, Esther Vidal, Pepi Armario, Suhail Niochet, Roxana Capote, Ines Ruiz, Rocío Lg, Silvia Torres, Sandra Pérez, Concha Arroyo, Irene Bueno, Leticia Rodríguez, Cristina Simón, Alexia Gonzalex, María José Aquino, Elsa Hernandez, Toñi Gayoso, Yasmina Piñar, Patricia Puente, Esther Vidal, Yudys de Avila, Belén Pérez, Melisa Sierra, Cristi Hernando, Maribel Torres, Silvia A Barrientos, Mary Titos, Kairelys Zamora, Miriam C Camacho, Ana Guti, Soledad Camacho, Cristina Campos, Oana Simona, María Isabel Sepúlveda, Beatriz Campos, Mari Loli Criado Arcrlajo, Monica Montero, Jovir Yol LoGar Yeisy Panyaleón, Yarisbey Hodelin, Itxaso Bd, Karla Serrano, Gemma Díaz, Sandra Blanca Rivero, Carolina Quiles, Sandra Rodríguez, Carmen Cimas, Mey Martín, Mayte Domingo, Nieves León, Vane de Cuellar, Reyes Gil, Elena Guzmán, Fernanda Cuadra, Rachel Bere, Vane Ayora, Diosi Sánchez, @tengolibrospendientes, @divina_lectura_paty, María José Claus, Claudia Obregón, Yexi Oropeza, Bea Suarez, @Victorialba67, @lady.books7, valeska m.r.

A todos los que me leéis y me dais una oportunidad, y a mis Rose Gate Adictas, que siempre estáis listas para sumaros a cualquier historia e iniciativa que tomamos.

Introducción

Dylan. Darmstadt, en la actualidad.

Fijé la mirada sobre el edificio que tenía enfrente. Era de ladrillo rojo, había sido una antigua fábrica de cerámica y fue reconvertida en uno de los mejores laboratorios químicos de la ciudad.

Llevaba unos días estudiando la empresa y merodeando sus alrededores con la esperanza de dar con ella. No tuve suerte.

Hasta aquí me había traído la información encriptada que Brau había logrado descodificar.

No era mucho, solo una carta con un membrete perteneciente a estos laboratorios dirigida a Winni, lo que me había hecho tomar un vuelo de Barcelona a Frankfurt y alquilar un coche para llegar hasta aquí. Tenía un punto de partida o un hilo desde el cual tirar, y que no pensaba romper hasta obtenerlo todo.

La carta no decía demasiado, por lo menos a mí, pero Brau sugirió que podía contener un tipo de lenguaje codificado que decía mucho más que lo que aparentaba. Winni era muy dada a resolver jeroglíficos. Lo que sí podía intuirse, sin ser un lumbreras, era que tenía un trato estrecho con ellos. No sabía si eran meros intermediarios, o si verdaderamente conocían a la mujer que se ocultaba tras el nombre de Winnifreda Weber Meyer.

Reí para mis adentros, ni siquiera sabía su puto nombre, pues ese pertenecía a una berlinesa de sesenta años estudiante de la Humbolt, que obviamente no era la madre de mis hijos. Winni, o como diablos se llamara, había usurpado su identidad haciéndose pasar por ella, y a mí me la metió doblada y sin vaselina.

Apreté el puño izquierdo, no saber con quién compartía mi vida era una de las cosas que más rabia me daba.

Miré de reojo las hojas que llevaba en la mano derecha, se trataba de mi currículum, uno que les costaría rechazar si eran el tipo de empresa que anunciaban en su web.

Los laboratorios Boehrinbayer estaban ubicados en Darmstadt, sede del Centro Europeo de Operaciones Espaciales de la Agencia Espacial Europea. Es bien sabido que a principios de siglo, la ciudad tuvo un importante desarrollo a nivel industrial, científico y educativo. Muchas industrias químicas como Merck, perteneciente al sector farmacéutico, la escogieron para dotar a esta urbe con nueve mil puestos de trabajo, de los cincuenta y siete mil que tenía la empresa. Tal era su relación con el mundo de la química, que el número ciento diez de la tabla periódica de los elementos tomó su nombre en honor a la ciudad.

Tenía cuatro institutos de investigación de la Sociedad Fraunhofer y otro centro más sobre iones pesados (GSI). Darmstadt era una ciudad volcada con la tecnología y gran productora de población estudiantil. Tal vez Winni hubiera estudiado allí.

Los alemanes solían ser de carácter cerrado, bastante cuadriculados y costaba ganarse su confianza. En los procesos de selección de personal, hacían entrevistas en las que llegaba a primar más las experiencias vitales, las que les daban una visión más global de la persona, que el propio currículum.

Para poder averiguar algo de la que llegué a considerar mi mujer, debía infiltrarme y ver si alguien de allí arrojaba un rayo de luz. Si lograba entrar como biotecnólogo, tendría acceso a su sistema informático, y desde dentro le daría acceso a Brau con un programa espía que debía conectar a uno de sus PC, para abrir un pequeño poro por el que infiltrarse y ver qué podíamos descubrir. Le había sido imposible hackear los niveles de seguridad de la empresa desde su portátil, así que tenía que insertar ese puñetero USB para conseguirlo.

Me negaba a pensar que Winni estuviera realmente muerta, algo me decía que no era así, que había aparecido en Genetech con un propósito muy firme y yo fui el incauto que picó su anzuelo para que lo alcanzara.

Hermano de fuego

Si estaba en lo cierto, quería que me lo dijera ella misma, mirándome a los ojos, necesitaba oír de su propia boca que me había traicionado, que llegó a hacerse pasar por muerta abandonándonos a mí y a mis hijos. Solo de esa manera podría matar el puto sentimiento que estaba devorándome el alma.

Tantas noches sin dormir, tantas borracheras, tantas lágrimas vertidas por alguien que había parido a mis hijos y me resultaba una completa desconocida.

¿Qué podía llevar a una mujer a fingir su propia muerte, abandonar a su pareja y a sus dos bebés? ¿Quién era esa completa desconocida?

Me pincé el puente de la nariz con los dedos y rememoré el día en que la conocí. Fue el mismo en que comenzaba a trabajar en los laboratorios de mi madre hace ocho años.

Capítulo 1

No es guapa, es lo siguiente...

Dylan. Brisbane, ocho años antes.

Saboreé el agua del mar. No había nada mejor que hacer *surf* bajo los primeros rayos de sol.

Agité el pelo cubierto de agua para disfrutar de su frescor deslizándose por mi cuello.

Siempre me gustó sentarme sobre la arena, exhausto, después de cabalgar las olas más bravas, para recuperar el aliento contemplando la gigantesca obra de arte cambiante que se desplegaba ante mis ojos.

Suspiré y me dejé caer hacia atrás con los colores del amanecer tiñéndome el cuerpo.

Mi tranquilidad duró unos instantes, pues un montón de arena salió impulsada a modo de pequeña tortura afilada, rebozándome el rostro y, por si fuera poco, envolviéndolo en un montón de babas y lengüetazos.

—Brownie, ¡estate quieta! —ordenó una voz que reconocí a la perfección, se trataba de Liam, el mejor amigo de mi hermano y, por ende, también amigo mío.

—Déjala —reí con la lengua de la cachorra limpiándome la arena—. Se nota que es una chica lista y sabe reconocer a quién adorar. —Los animales me encantaban, y aquella recién llegada a la familia de Liam, más todavía. Era pequeña, juguetona, cariñosa, justo como me gustaban a mí las chicas.

—No dirías lo mismo si supieras que acaba de tragarse su propia mierda.

—¡*Fuck!* —Me levanté con el desayuno reptando por mi esófago y el cabrón de Liam partiéndose la caja.

—Tranquilo, era broma —aclaró, doblado en dos al ver mi cara de ir a echar hasta la *pizza* del viernes noche.

—Cabrón —protesté, lanzándole un puñado de arena que le hizo dar un salto atrás. La dulce cachorra volvió a por mí y yo froté su expresiva cara.

—No veas la nochecita que me ha dado, al final he tenido que meterla en mi cama...

Liam se sentó a mi lado con unas ojeras que podían hacerlo descender dos pisos en la escala del sueño.

—Acabar la noche de un viernes con una perra entre las sábanas no parece un mal plan —bromeé—, y menos si es tan guapa como esta morenaza y con una lengua tan larga, y atenta.

—Sí, ya, bueno, eso para amantes de la zoofilia; de momento, yo prefiero que me la chupe una de nuestra especie. Además, Brownie es menor, no lo olvides.

—Pensaba que hoy te vería entre las olas.

—Ojalá... Van a ser unos días un poco duros hasta que mi pastelito de chocolate aprenda que mis converse no son su lugar para jiñar.

—Ugggh, ¿las que te compraste hace una semana?

—Las mismas. Para tu información, ya están en la basura y he tenido que rescatar las viejas. Hoy voy a tener un día cojonudo, porque me he despertado y lo primero que he hecho ha sido calzármelas, sin darme cuenta de que en su interior había sorpresa. —Arrugué la nariz, disgustado.

—Hay ciertos detalles que uno no necesita saber.

—Pues te jodes, peor ha sido mi cara al ver el baño de barro en el que había metido el pie.

—Mira la parte positiva, las heces están muy infravaloradas. ¿Sabes que hay trasplantes de heces a través de enemas y que resulta mucho más eficaz que tratar las infecciones por *C. Difficile* que con antibióticos?

—Pues, por mi bien, espero no infectarme nunca con esa cosa, señor científico. ¿Podemos cambiar de tema? Hablar de caca, podría ser un mal augurio para nuestro primer día laboral. —Le ofrecí una sonrisa.

Hermano de fuego

—Está bien, ¿estás preparado para tu gran día? —Liam reaccionó ofreciéndome otra y asintiendo.

—Tío, esto va a ser un puto sueño.

Ese día empezábamos a trabajar en Genetech, los laboratorios de mi madre, y Liam estaba entusiasmado por dejar su vida de universitario y embarcarse en el apasionante proyecto familiar, del que ahora formaba parte junto a mí y a mi gemelo.

Desde que mi padre murió, me volqué en la única persona que a Noah y a mí nos quedaba viva, y se trataba de mi madre.

Mi hermano era un puñetero cerebrito que se pasaba el día estudiando con un tutor especializado que colaboraba con nuestra progenitora. Noah era un genio y, por ende, se esperaba mucho de él gracias a sus habilidades en ciencias. Mamá y Lucius estaban convencidos de que tenía muchísimo potencial; él no los contradecía y parecía sentirse bien hincando codos como un poseso. Y eso me dejaba mucho tiempo libre, a mí tampoco se me daban mal las ciencias, ni los deportes, las chicas, los amigos o la informática...

En mi caso, tenía tiempo para disfrutar, además de pasar tiempo con mi madre. Me di cuenta de que involucrándome en los laboratorios, podíamos estar juntos, y, en esas horas donde ella me explicaba por qué le apasionaba tanto lo que hacía, descubrí que a mí no me disgustaba, es más, comenzó a interesarme.

De los dieciséis a los dieciocho, dediqué parte de algunas tardes a Genetech y descubrí mi verdadera vocación. ¿Quién lo iba a decir? Si le hubieras preguntado a Noah, te habría dicho que él apostaba por que fuera surfista profesional, o estudiara algo que tuviera que ver con las relaciones públicas.

Mamá estaba convencida de que mi hermano seguiría sus pasos, para eso había estado preparándolo, pero el día que tocaba echar la matrícula en la universidad, nos sorprendió dando un golpe sobre la mesa durante la cena para decir que iba a estudiar económicas. Alegó que la ciencia, como tal, no le gustaba, que no pensaba seguir fingiendo, ni dedicarse de por vida a algo que no le interesaba un pimiento.

Nunca había visto a mi madre más desencajada. Pasó del blanco al rojo sin ponerse ámbar.

Esperó a que Noah acabara para amenazarlo y decirle que si no estudiaba una de las carreras que ella le había propuesto, no pensaba pagársela. Jamás habría imaginado a mi gemelo plantarse de aquel modo y, en parte, me hizo sentir orgulloso de que fuera capaz de defender su opción hasta las últimas consecuencias.

Le contestó a mi madre que si ella no le pagaba la carrera, se la pagaría él. El dinero no era un impedimento, pues cuando mi padre murió, nos dejó una pequeña fortuna en herencia, sin embargo, yo no hubiera visto justo que a mí me pagara los estudios y a Noah, no, por el simple hecho de no pasar por el aro; así que decidí dar un paso al frente, total, yo también había hecho mi elección y pensaba sorprenderlos a ambos.

—Deja que Noah estudie empresariales, es un fuera de serie con los números —apostillé calmado—. Yo ocuparé su lugar en el laboratorio y estudiaré bioinformática para echarte una mano. Creo que es justo lo que necesitas para que el proyecto «Godness» avance.

—¿Tú? —preguntó mi hermano incrédulo.

—¿Qué pasa? ¿No me crees capaz?

—Pensaba que...

—Ya sé lo que pensabas, eres mi gemelo, pero resulta que quizá haya partes de mí que desconoces, y una de ellas es que quiero trabajar con nuestra madre en el laboratorio y aportar algo más que mi apostura a la humanidad. —Giré el rostro hacia mi madre, que estaba analizando la situación. Lo sabía porque le había visto la misma expresión, cientos de veces, frente al microscopio—. Mamá, no lo pienses tanto. Al fin y al cabo, que yo quisiera estudiar una de las carreras que le habías propuesto a Noah ni se te había pasado por la cabeza, así que es un intercambio justo. Él te ha dado sus motivos, y, además, con su aportación mejoraremos la empresa a nivel económico y conseguiremos expandirnos. Tú siempre dices que conseguir dinero para financiar los proyectos es algo que cuesta mucho, pues ya está; Noah se encarga de esa parte y yo de ayudarte en el laboratorio. —La conocía, no le gustaba que los demás tomaran decisiones que, según ella, le competían, lo que no le quedaba claro era que nosotros empezábamos nuestra vida de adultos, y sería mucho mejor así que empezar una guerra familiar por los estudios. Mi madre iba a decir algo, y preferí intervenir, cerrar la conversación y que el temporal pasara—. Ahora que está todo decidido, tenemos que celebrarlo, esta cena tiene una pinta maravillosa. Gracias, Noah, por esforzarte tanto.

Mi hermano frunció el ceño y lo único que hizo fue acomodarse la servilleta sobre las piernas para emitir un «gracias» de medio lado. Mamá ocupó su silla y yo descorché la botella de vino para brindar por nuestro futuro.

Noah conoció a Liam durante la carrera, se hicieron uña y carne, lo que propició que terminara entrando en nuestras vidas. Ahora formaba parte de nuestro binomio y me alegraba, porque era un tío cojonudo.

Volví al presente con los rayos de sol calentándome el jeto.

—Va a ser alucinante poder poner en práctica todos mis conocimientos. —No quise hacer las prácticas en Genetech, preferí ampliar mis estudios en otra empresa que pudiera aportarnos valor y esperaba dejar alucinada a mi madre con todo lo que había aprendido.

—Me imagino —murmuró Liam, jugueteando con una concha—, todavía no me creo que los tres curremos juntos, los Tres Mosqueteros compartiendo hasta el curro. —Me gustaba su entusiasmo, podía ver lo que Noah vio en Liam, y es que el rubio con pintas de surfista podría haber sido mi mellizo. Su espíritu, humor contagioso, don de gentes y su habilidad con las chicas lo convertían en mi reflejo, por eso se llevaban tan bien. Liam compensaba su carácter más hosco y cerrado—. Voy a hacerle un monumento a tu madre por no oponerse a contratarme. El empleo de mis padres pende de un hilo y no sé cuánto aguantarán en casa de los Talbot. Mi sueldo nos vendrá caído del cielo.

—No fastidies... No sabía nada de lo de tus padres.

—Es muy reciente, al señor Talbot lo han pillado blanqueando mucha pasta y se rumorea que están sin dinero por su afición al juego, además de por las señoritas de dudosa reputación. Mis padres están aguantando el tipo como pueden, pero es cuestión de días. Me parece que el banco va a expropiarles la casa, el muy cabrón se jugó la segunda hipoteca a la ruleta.

—¡Joder! ¡Qué putada! ¿Y has hablado con Noah de eso? —Liam negó.

—No me ha dado tiempo, mis padres me lo han contado esta mañana, no querían preocuparme. Yo me he enterado de casualidad, los pillé hablando en la cocina y no pudieron dejarme al margen.

—Lo siento mucho, tío.

—No te preocupes, saldremos de esta, pero si llego a saberlo, me habría planteado la adopción de Brownie. —Paseó su mano morena por el pelaje del animal, que estaba hecho una rosca sobre mis piernas—. Esta cachorra que adquirirá el tamaño de un caballo y comerá por cuatro.

—Para cuando eso ocurra, tú ya estarás cobrando una pasta en los laboratorios, ya verás.

—Eso espero, y si no, buscaré algún pluriempleo...

—Habla con Noah...

—Ya te he dicho que me he enterado esta misma mañana, antes de salir para pasear a Brownie, eres el primero a quien se lo cuento.

—Pues deberías haber levantado el teléfono en cuanto te has enterado, ya sabes que estaba buscando una finca donde invertir su parte de la herencia para independizarse, vivir en casa de mi madre no lo llena de alegría —anoté—. Ayer mismo lo llamó la de la inmobiliaria porque acababa de entrarle una propiedad nueva, dijo que era justo lo que Noah estaba buscando. Ni a ella le importó que fuera domingo, ni a Noah tampoco. Me pidió que lo acompañara, y fue poner un pie en la finca y saber que mi hermano se había enamorado. Solo le había visto esa expresión una vez en la vida, y fue al mirar a una chica que no le correspondía. Por suerte, para quedarse con la propiedad solo le bastaba el dinero. Le dijo a la agente que se la reservara, y hoy han quedado para firmar el contrato; como tiene el capital para la compra, no creo que tarde mucho en amueblarla y mudarse. Ese sitio es enorme, tiene hasta una cuadra, seguro que va a necesitar personal, y quién mejor que tus padres, que son conocidos y tienen experiencia. —Los ojos se le abrieron esperanzados y después se le cerraron resignados.

—No querría abusar.

—No es abuso. Tú conoces a Noah casi tan bien como yo, sabes que no va a fiarse de cualquiera a la primera, así que en el fondo estás haciéndole un favor. Habla con él, cuéntale lo que ocurre y verás cómo te dirá lo mismo que yo; por si no lo recuerdas, somos gemelos —añadí como colofón final.

—Y no podéis ser más distintos.

—Si lo dices porque soy el más guapo, tengo mejor gusto vistiendo, se me dan mejor las relaciones sociales y me cuesta quitarme a las mujeres de encima, no te quitaré la razón —argumenté, agitando las cejas—. Aunque si logras pasar la barrera de mi escultural y arrolladora superficie, te darás cuenta de que compartimos un corazón enorme y un gran fondo equiparable al de mi vestidor.

—Joder, tú lo de la modestia se lo dejas a otros, ¿eh?

—¿Por qué tengo que ser modesto cuando son evidencias? Parece que esté mal quererse a uno mismo y exponer mis virtudes. No digo que no tenga defectos, solo que prefiero regodearme en las cosas buenas y potenciarlas.

—Mira, pues ahí sí te doy la razón, tendríamos que amarnos más a nosotros mismos. ¡Viva el onanismo! —bromeó.

—Amén.

—Venga, *crack*, me largo, que si me quedo aquí más rato, no llego —anunció, palmeándome la pierna—. Voy a darme una ducha y quitarme toda esta arena. —Ahora que me fijaba bien en él, tenía aspecto de haber salido a correr con la perrita—. Y tú deberías hacer lo mismo si no quieres llegar tarde el primer día. Vamos, Brownie —la llamó. La cachorrita alzó la cara por un segundo y se reacomodó ignorándolo—. Pfff, pasa noches en vela para esto... No hay que tener hijas; primero te quitan el sueño, después el pelo y terminan marchándose con el primer cantamañanas que se encuentran... —La tomó de mi regazo y ella me lanzó un quejidito lastimero para que la socorriera.

—Lo siento, nena, tu papi no nos deja estar juntos, llámame cuando seas mayor de edad, tal vez podamos fugarnos —bromeé, lanzándole un beso a la perrita, que agitó la cola frente a mis atenciones.

Liam desapareció del mismo modo en que había llegado, como una suave brisa que te alborota el pelo. Yo me quedé unos instantes más para aspirar el aroma a Océano Pacífico.

Me levanté, me sacudí la arena, agarré la tabla y puse rumbo a casa.

*****

Había estado muchas veces en los laboratorios, pero nunca me sentí como hoy. Ya era oficial, era un empleado de Genetech, y no uno cualquiera, el nuevo bioinformático, cuya misión sería ayudar en el desarrollo del proyecto «Godness», el más importante de la empresa.

Cuando alguien llegaba por primera vez frente al edificio, contenía la respiración. Tanto por fuera como por dentro, te recordaba a una nave nodriza de una peli de *sci-fi*. El edificio estaba recubierto por enormes cristaleras que reflejaban todo aquello que había alrededor, en una clara pretensión de mimetizarse con el entorno y confiriéndole una imagen futurista y espectacular.

Además, fue concebido para ser arquitectónicamente sostenible y eficiente, lo que viene a ser una puta pasada. Mi madre no escatimaba recursos cuando se trataba de material puntero; si al laboratorio le faltaba un elemento, era porque no estaba inventado todavía.

Ella no nos acompañaba, presumía de ser siempre la primera, a veces, incluso se quedaba a pasar la noche si creía que tenía algo importante entre manos que mereciera la pena. Aquel era su imperio y ella la perfecta emperatriz.

Había invertido su vida e hipotecado la nuestra. La pérdida de nuestro trigemelo Ky, cuando teníamos cuatro meses de edad, fue el detonante que la convirtió en lo que es hoy: La gran Patrice Miller, doctora *cum laude* con una doble titulación en medicina y biología que, sumada a sus investigaciones en el campo de la genética como método preventivo para determinadas enfermedades, la elevaba a la categoría de genio en la materia.

Ello le costó su matrimonio con mi difunto padre y le otorgó la condición de madre ausente. Nunca nos faltó nada, quizá algún que otro abrazo, sobre todo, a Noah que, aunque no lo pareciera, era el que siempre había necesitado recibir más muestras de cariño.

—¿Preparado? —le pregunté a mi hermano, llevando una mano sobre su hombro.

—Veamos qué recibimiento me da la Dama de Hielo, para mí que va a buscarme un despacho en la mazmorra —refunfuñó.

—A mí, mientras me pague la nómina, puede ponerme con vistas al cuarto de las escobas —apostilló Liam, con aquel traje que parecía sacado de la boda de su padre.

—Tío, ¿de dónde has sacado esa americana? —Me froté los ojos porque me hacía daño a la vista.

—Mola, ¿eh? Es *vintage*, el pasado siempre vuelve.

—Hay pasados que es mejor que no regresen nunca. En serio, tío, eso que llevas es demencial. Te sugiero que pidas un anticipo y te hagas con otra, o que Noah te preste una de las suyas, pero quítate esa cosa de encima, está diseñada para acumular polvo, no para echarlos.

—No está tan mal, si la desabrochas... —Acababa de llevarse las manos al botón central.

—Quieto, figura —lo frené—, seguro que de ahí dentro sale un ejército de polillas. —Liam lanzó un bufido y Noah me miró reprobatoriamente—. ¿Qué? No digo ninguna mentira. Es tu mejor amigo, deberías haberle dicho que esa ropa no le pega.

—Estamos aquí para trabajar, no para salir de fiesta o ir a una pasarela. Si a Liam le gusta su traje, a mí también, lo que importa es lo que hay en su cabeza y no el estampado de la chaqueta. —Se cruzó de brazos.

—Siento llevarte la contraria, la moda habla de quiénes somos, y si su pretensión fuera la de vender aspiradoras o productos antipolillas, no diría nada, pero te recuerdo que Liam ambiciona ser jefe de Recursos

Humanos, así que el único cuadro que debería llevar encima sería uno para colgar en la pared. Cuando uno se levanta por la mañana, tiene que ir dispuesto a comerse el mundo, y no a que el mundo se lo coma a él. Aunque se levante y pise una mierda con el pie desnudo, tiene que sortear el obstáculo y verlo como un reto —apostillé con mucha vehemencia. El mejor amigo de mi hermano me miraba con ganas de estrangularme.

—Por supuesto, encontrarte con el pie lleno de caca es muy retador, ¡oh, gran gurú de *todoloqueveoloconsigo*! —me recriminó Liam.

—Por supuesto que sí, Mr. Johnson, sabe que obtengo todo lo que me propongo, sea objeto, mujer o curro. Es la ley de la atracción, soy un experto en ella. —Liam se cruzó de brazos y acarició su mentón.

—Veamos si es cierto, vayamos a por tu reto del día —me propuso, señalando la puerta de acceso al edificio—. La primera mujer que cruce por ahí, y tenga un rango de edad entre veinte y treinta, deberá caer rendida a tus pies a la primera, sin titubeos. A ver si tu ley de la atracción es tan poderosa como ostentas.

—Vamos a llegar tarde —replicó Noah—. ¿Sabéis cuántas probabilidades hay de que una mujer que comprenda esa franja de edad salga ahora mismo por la puerta en una empresa dedicada a la genética? —Los tres desviamos la mirada hacia el punto de acceso que se abrió como si hubiéramos dicho la palabra mágica. Contuvimos el aliento, yo invoque a las leyes del universo para que mostraran lo que Liam había exigido. Debió fallar la conexión porque apareció un hombre bigotudo, sudoroso y con pinta de león marino, o, en su defecto, de representante de productos de laboratorio. Liam y yo exhalamos con pesar, mientras que mi hermano ponía esa expresión de os lo advertí—. No me gusta decir os lo dije, pero... —La puerta volvió a abrirse y...

¡Por la *fucking mother of God*! ¡Menudo pibonazo! A Mr. Johnson y a mí se nos amplió la sonrisa, mientras que a Noah se le quedaba cara de acelga.

—Observad al maestro, chavales... —«Gracias, universo», masculle mirando al cielo.

Fui directo hasta la chica, que era una morena escultural que, en cuanto entré en su radar, empezó a emitir en la frecuencia perfecta, sacó pecho, humedeció los labios, un ligero rubor ascendió a sus mejillas y, el premio gordo, una mirada de soslayo acompañada de una tenue sonrisa apreciativa. Uuuh, eso en mi lenguaje era un pleno al polvo. Ahora solo necesitaba extender mi plumaje y darle un motivo para que su cuerpo amaneciera junto al mío.

—Hola —la saludé, plantándome justo delante de ella. Un metro setenta y cinco de piel canela enfundada en un minivestido ajustado, que ponía sus turgentes *lamingtons*[1] en el mostrador principal para hacer suyo al cliente adecuado.

—Hola —respondió con una sonrisa sinuosa. Si su interés hacia mí se debiera a simple cordialidad, ahora no estaría tratando de evaluar mi talla de calzoncillos, cosa que me alegraba, pues pretendía mostrársela. Me gustaban las mujeres directas, todo se volvía mucho más fluido. Cuando una mujer cuida al milímetro su imagen, quiere que quien la mira se sienta complacido con lo que ve, que reconozca su esfuerzo, y eso era lo que iba a hacer.

—No he podido evitar acercarme, tienes algo que deslumbra. Primero, pensé que se debía a la luz, pero... Está claro que no, viene de ti. —Ella se limitó a sonreír y colocarse un mechón de pelo desprendido tras su oreja, mostrando un lóbulo de lo más apetecible; al final iba a salir ganando con la apuesta. Seguí con mi salto de obstáculos—. ¿Sabes que si ahora mismo buscara tu definición en el diccionario, al lado de tu foto pondría... —volví mi tono más profundo—: No es guapa, es lo siguiente... —La morena enseñó dientes... «Eso es, nena, siéntete complacida», pensé, felicitándome por la hazaña.

Iba a por la siguiente frase, la que iba a darme pase directo a su número de teléfono, que quedaría salvaguardado en la agenda de mi móvil. Y hubiera sido así si no nos hubiera interrumpido una inoportuna vocecilla que fue directa a por mi morena.

---

[1] *Lamingtons*: dulces típicos de Australia.

—Yo de ti me lo pensaría, porque el siguiente adjetivo en el diccionario, después de guapa, es guarra, así que ya sabes lo que pretende contigo.

Las carcajadas masculinas no tardaron en llegar a mis oídos, mientras que a la morena le mutaba el gesto y la diminuta exhalación que había soltado aquella fresca dejaba la estela de su paso firme siendo engullido por las puertas de la empresa.

¡¿Sería posible que acabara de jorobarme el plan con lo que había soltado por esa boquita?!

Titubeé. ¿Perseguía a lengua afilada o trataba de remontar con la guarra? Digo, guapa, ya no sabía ni lo que decía, yo no pensaba esas cosas de las mujeres, al contrario, me encantaba que la mujer se sintiera libre de entrar en mi cama cuando quisiera.

Opté por intentar reconducir la situación, a la duendecilla indiscreta ya la encontraría...

—Perdona, en serio, que no sabía que lo siguiente era guarra, ni se me pasó por la cabeza ese adjetivo, salta a la vista que te duchas a diario... —apostillé para que no se fuera por otros derroteros—. Y salta a la vista que tienes muchísima clase. —Los ojos se me fueron directos a su escote, no pude evitarlo, sus *lamingtons* estaban llamándome. No debí haber mirado hacia ahí, lo supe por el modo en que apretó el gesto.

—Déjalo, ya no puedes arreglarlo, y la próxima vez que intentes disculparte, estaría bien que tus ojos no te traicionaran. —Tiró de su escote hacia arriba y sentí la violencia de sus tacones de aguja pisoteando mi moral.

Todavía no daba crédito a lo que acababa de sucederme. Miré a Liam y Noah que estaban retorciéndose del ataque de risa que tenían.

Había hecho el ridículo más absoluto por culpa de una rubia, diminuta, con gafas y coleta. Fue lo único que me dio tiempo a vislumbrar por el reflejo acristalado.

—¡¿Habéis visto eso?! —me quejé yendo hacia ellos.

—Como para no hacerlo, creo que tu ley de la atracción no contaba con agentes externos —se pitorreó Liam.

—Eso no era un agente externo, sino una duendecilla con malas pulgas; seguro que es de las que odia la Navidad, roba las galletas a las exploradoras, boicotea los concursos de belleza y tiene en el cajón de la mesilla una colección de vibradores sin pilas.

—¿Por qué sin pilas? —preguntó mi hermano, secándose los lagrimales.

—Porque si le hubiera dado alegría a su botón dorado esta mañana, no me habría fastidiado el mío. ¡Que tenía pase directo a la final y he terminado siendo expulsado del programa!

—¡Oh, venga ya, que esto no es *Got Talent*! Y esa chica tenía toda la razón del mundo, te ha tumbado en la primera fase.

—¿Le habéis visto la cara? Seguro que era un orco... De esas que no se depilan ni el bigote ni el entrecejo, esas mujeres que creen que ser bella es como un maleficio en lugar de un privilegio.

—No nos ha dado tiempo a verle la cara —admitió mi hermano—, solo a admirar su elocuencia verbal que, por cierto, era digna de admirar.

—Pfff, elocuencia… A esa lo que le pasa es que le gusta fastidiar y seguro que tuvo algún desengaño. Lo típico, chica poco agraciada se fija en el chico popular y recibe calabazas. A partir de ese momento, todos los guapos son unos capullos y los feos, buenos tíos. Si me hubiera tenido en su clase, la tendría jadeando como a Brownie. —Mi hermano y mi amigo volvieron a reírse. Vale, quizá mi comentario era muy de sobrado, solo que era cierto. Me gustaba caer bien, independientemente del físico de la persona que tuviera delante, siempre intentaba encontrar las virtudes de todo el mundo y me encantaba que los demás se sintieran bien conmigo, hacerles sentir especiales—. ¿Qué? ¿No me creéis? —El mejor amigo de mi hermano puso los ojos en blanco—. Noah, cuéntale a Liam cómo se ponía Cri-cri cada vez que me veía en Madrid. —Le sugerí para borrarle la expresión al rubio. Mi hermano se puso serio de golpe.

—No metas a Cris en esto.

—¿Quién es esa? —preguntó Liam al ver la reacción que causaba en Noah. Tampoco era para tanto, no había contado nada que no fuera cierto. Preferí mantener silencio respecto a ella antes que meter la pata, con la morena había tenido suficiente.

—Que te lo cuente tu mejor amigo... Pensaba que ya te habría hablado de ella en alguna ocasión.

—Madura, Dylan, no es necesario hablar de los demás para admitir que la has jodido y que no eres infalible —escupió Noah de mal humor.

—Hora de dejar el tema —anuncié, fingiendo cerrar mis labios con una cremallera. Cuando Noah decía mi nombre completo, era que estaba mosqueándose.

—Ahora no podéis dejarme con la intriga... —se quejó Liam, que era de lo más curioso.

—Suerte con las averiguaciones, Agatha Christie —bromeé.

—Lo que no podemos hacer es seguir perdiendo el tiempo en lugar de entrar en la empresa; si vosotros queréis llegar tarde por vuestras gilipolleces, yo no tengo intención alguna. Ahí os quedáis —gruñó Noah, zanjando el asunto.

—¡Ey, espera! —Liam tampoco quería que le llamaran la atención, así que lo siguió y yo fui tras ellos. Mr. Johnson giró el rostro para vocalizar: «¿Quién es esa chica?», me limité a encogerme de hombros y responder sin sonido: «pregúntaselo a él», no iba a ser yo el que le hablara a Liam de Cri-cri.

Fue una época jodida, un cúmulo de primeras veces para mi hermano que culminaron con el fallecimiento de nuestro padre, un varapalo que nos hundió devolviéndonos a Australia y sacó a Cris de la ecuación de los hermanos Miller.

Ni siquiera estaba seguro de por qué había pensado en ella, bueno, puede que sí, la respuesta de aquella rubia deslenguada me había recordado a cierta morena inteligente que conocimos en España, cuando éramos los hijos del embajador. Acababa de tener una eyección mental en toda regla.

No me mires así, he dicho eyección, no erección, esa también se había ido gracias a la rubia...

Las eyecciones ocurrían sin un motivo aparente, eran palabras, imágenes o melodías que se hacían conscientes de forma repentina e inesperada, como estrellas fugaces surgidas de la nada. Aunque no era así, estaba probado que se trataba de una especie de proyecciones asociativas a largo plazo. Algo activaba un recuerdo y nos hacía asociarlo con momentos, lugares o personas. Lo que me llevaba a la conclusión de que si a mí me había pasado...

¿Cuántas veces habría pensado Noah en Cri-cri?

Seguro que más de las que me había contado, y eso solo podía decir que, por mucho que hubieran pasado seis años, la tenía más presente de lo que le gustaría, porque cuando Noah callaba, significaba que le dolía.

Olvidé a Cristina Blanco en cuanto crucé la puerta principal y Genetech nos recibió, engalanada con sus tonos neutros y la luz natural filtrándose por toda la superficie acristalada.

Nos acercamos al mostrador principal para recoger las tarjetas de acceso, esas mismas que nos daban la bienvenida a nuestros flamantes puestos de trabajo. Ahora tocaba dejar al margen lo ocurrido de puertas para afuera y concentrarnos en el nuevo futuro.

Capítulo 2

Aplasticidio.

Dylan

Después de pasar por recursos humanos para firmar nuestros contratos, dejamos a Liam en su nuevo puesto de ayudante del departamento. Se le daban genial las relaciones sociales, además de que era muy empático, en dos días se sabría el nombre de media plantilla y en una semana hasta las enfermedades de sus hijos. Mi madre había hecho un gran fichaje con él, no iba a arrepentirse.

Me ofrecí para acompañar a Noah al despacho de adjunto al director financiero, total, me pillaba de paso de camino a los ascensores. Genetech estaba concebido en forma de octógono, algunos bromeaban diciendo que a mi madre el pentágono se le quedaba corto.

Había cuatro ascensores por planta, cada uno ubicado en un punto cardinal; en un extremo del pasillo se veían puertas que solo se abrían si tu tarjeta gozaba del permiso oportuno, y al otro lado, una enorme cristalera que daba a un jardín interior abierto por completo y carente de techo.

En la planta baja disponíamos una cafetería para el uso del personal con salida al jardín.

Mi madre tenía un convenio con distintas universidades para recibir a los mejores estudiantes de medicina, biología y cualquier especialidad que pudiera sumar al proyecto. Lo creas o no, ser aceptado para hacer prácticas en el equipo de la doctora Miller era un privilegio al que pocos podían optar.

Mi progenitora era muy rigurosa y exigente, las instalaciones de la empresa mostraban el fiel reflejo de ello. Todo estaba pensado para trabajar con total comodidad y para ser de lo más eficientes; si había algo que se pudiera mejorar para la productividad de los empleados, cualquiera podía hacer sugerencias a su jefe de departamento para que lo transmitiera al equipo de Recursos Humanos, y ellos hablarían con mi madre sobre su viabilidad.

Llegamos a la puerta de acceso al departamento financiero.

Al director, Mr. Marshall, le quedaba año y medio para jubilarse, tiempo suficiente para que mi hermano se pusiera las pilas y asumiera un puesto que estaba hecho para él. Con lo metódico y listo que era, sería extraño que en dieciocho meses no supiera a qué destinaba mi madre cada dólar y cómo sacar mayor rentabilidad de las aportaciones de capital que recibía de los mecenas y las personas que creían en su proyecto. Todo el patrimonio privado de mamá estaba invertido en los laboratorios, aun así, se necesitaba mucho *cash* para llevar adelante sus investigaciones, y ahí entraba en juego Noah. Con su habilidad para la economía y las inversiones, la empresa crecería exponencialmente y lograríamos más beneficios.

Salvar vidas y prevenir enfermedades estaba genial, y que la compañía fuera económicamente viable, mejor todavía. A los inversores les gustaría recuperar su dinero y obtener beneficios por ellos, sin denostar la satisfacción personal de estar haciendo una aportación vital a la sociedad.

Lo miré orgulloso. A pesar de haber estudiado en universidades diferentes, nuestra unión siempre había sido muy fuerte y admiraba muchísimo a mi hermano. Lo quería por encima de todo y de todos. Me sentía un poco mal, porque sus relaciones sentimentales eran un desastre y creo que nunca llegó a superar lo que ocurrió con Cris, aunque a veces se acostara con esa amiga que compartía con Liam. Era tan reservado con su vida amorosa que en ocasiones me daban ganas de sacudirlo como a un sonajero para decirle que espabilara. El mundo femenino se perdía un gran hombre, y no tenían ni puñetera idea porque él no las dejaba que se le acercaran. Pensé que le debía una disculpa por lo de antes.

—Oye, Noah, siento haber nombrado a Cri-cri, pensaba que Liam estaría al corriente de la historia.

—No pasa nada. Nunca surgió el tema, así que no lo saqué. —Me abstuve de decirle que Liam no podía sacar el «tema», porque ni siquiera sabía de la existencia de la chica, pero eso habría sido hurgar en la herida, por lo tanto, era mejor no insistir.

—Sea como sea, quiero que sepas que siento si te he puesto en un compromiso. —Me ofreció una sonrisa calmada, debería haberse apellidado templanza.

—Todo está bien, Dy, de verdad.

—Me alegra oír eso. Este finde podríamos salir Liam, tú y yo para celebrar nuestra primera semana de curro y lo de tu nueva casa.

—Ya hablaremos de eso más tarde. Vete o mamá te meterá la bronca por llegar tarde.

—Mamá nunca me pega la bronca, ya lo sabes, sé cómo camelármela. Tendrías que aprender a hacerle ojitos... —Moví las pestañas exageradamente.

—Eso solo te funciona a ti.

—¿Qué puedo decir? Tengo un don con las mujeres.

—También decías tener un don cuando le entraste a la morena y mira...

—Eso fue culpa de la duendecilla rubia. En cuanto la encuentre, voy a darle una lección de vida que la recordará siempre.

—¿La increparás por haberte fastidiado el plan?

—*Nah*, le demostraré que soy capaz de hacerla caer. Algo me dice que trabaja en la empresa, o quizá sea una chica de las de prácticas.

—¿Y piensas que liarse con alguien de Genetech, para demostrarle tu grado de «irresistibilidad», es buena idea?

—No voy a liarme con ella, solo voy a hacerle ver que le hubiera gustado estar en el lugar de la morena y que por eso me fastidió.

—Pero ¡si ni siquiera te vio la cara! Estabas de espaldas a ella.

—Mi culo también es muy atractivo, las chicas lo adoran —dije, agarrándome una nalga—. Si quieres, te dejo comprobarlo.

—Quita, quita... Que ese cromo ya lo tengo en mi álbum.

—El mío está mejor.

—Todo lo tuyo siempre está mejor —protestó sin un ápice de ofensa en su voz. Sabía que bromeaba.

—Y te digo una cosa, si la rubia no me vio la cara, mucho mejor —me froté la barbilla—. Cuento con este pedazo de factor sorpresa. —Él negó con pesadumbre—. Ahora solo tengo que dar con la duendecilla y mostrarle que no ha visto mayor tesoro al final del arcoíris que este. —Di una vuelta sobre mí mismo.

—Me da a mí que esa chica no es muy de bisutería.

—Chaval, soy oro puro, y eso ya lo veremos. Suerte con Mr. Marshall. —Choqué el puño con él.

—Y a ti con la tirana.

Me largué encaminándome hacia el ascensor, tenía que bajar cuatro plantas para llegar al laboratorio de mi madre. Crují los dedos y me ubiqué en el interior para pulsar el botón que me llevaría al lugar más especial del mundo, el único sitio donde se apostaba realmente por mejorar la vida de las personas.

El avance que supondría el proyecto «Godness» era un antes y un después en la cura de enfermedades genéticas, y yo quería, como mi madre, ser recordado por algo más que tener un físico envidiable.

Mi móvil sonó cuando me quedaba una sola planta, lo saqué para encontrarme con la llamada de Mindy, una azafata pelirroja de piernas largas que mantuve ancladas a mi cintura todo el fin de semana. Había hecho escala en Brisbane y quedamos en un piso que les cedía la compañía aérea a las auxiliares de vuelo.

—Buenos días, preciosa, ¿has llegado bien al aeropuerto? —Cuando me fui del piso para ir a surfear, todavía estaba desnuda en la cama con su preciosa piel moteada, bañada por millones de pecas.

—Pues sí, pero me han retrasado el vuelo, problemas técnicos en el despegue. Nos quedamos en Brisbane una noche más y había pensado en...

—Tú, yo y tu coño en mi boca —prorrumpí a la vez que las puertas se abrían en mi planta y yo salía con paso decidido—. ¡*Fuck*! —aullé, tropezando con un bulto que ni siquiera había visto. De haber estado mirando mis zapatos en lugar de pensar en lo que quería saborear de postre, me habría dado cuenta de que alguien con la estatura de un *hobbit* estaba recogiendo algo que se le había caído al suelo justo cuando yo salía.

No lo vi, o mejor dicho..., no la vi. La colisión fue inevitable. Ella, al igual que mi móvil, salió disparada hacia atrás impactando contra el suelo, y yo, en mi tropiezo, caí aplastándola con todo el peso del cuerpo. Noventa kilos de puro músculo apisonando a aquella forma amorfa.

Noté cómo se le vaciaban sus pulmones y el golpe seco de su cabeza contra el suelo. ¡Mierda, eso tenía que haber dolido!

El gritito femenino quedó ahogado bajo mi pecho. Menos mal que puse las manos en el suelo por instinto, si no, podría haber sido acusado de asesinato en primer grado por *aplasticidio*.

Empujé los músculos de los antebrazos como un resorte y la miré asustado por los daños que pudiera haberle causado.

—¡Hostia, joder, perdona, no te había visto! ¿Estás bien? —Debido a su estatura, tuve que hacer un esfuerzo para apuntar hacia la cara, y cuando lo hice, quien se quedó sin aliento fui yo.

Bajo unas gafas a las que se les había torcido la montura, estaba la cara más jodidamente bonita del planeta. Con unos inmensos ojos azules bordeados por pestañas rubias, largas y rizadas. Una nariz diminuta que se alzaba con insolencia, careciendo de largura suficiente como para aguantar aquellas lentes, y unos labios tan jugosos que parecían diseñados para albergar mi erección entre ellos…, quería decir, para besarlos hasta el fin de los tiempos. Y lo más sorprendente era que no llevaba un gramo de maquillaje porque no lo necesitaba. Ver para creer.

—¡Estás aplastándome! —gruñó, intentando recuperar el aire que yo había vaciado. Tenía que quitarme de encima.

—Sí, lo siento, yo estaba hablando por teléfono y...

—Tenías planes para cenar —concluyó por mí mientras yo me sentaba en el suelo para evaluar que no se hubiera roto nada. Se la veía tan frágil...

—¿Cómo?

—Te he oído —murmuró, apartando la mirada esquiva. En cuanto lo dijo, el rubor tomó sus mejillas y a mí se me antojó deliciosa. Ni siquiera me importaba Mindy, quien permanecía al otro lado de la línea diciendo: «¿Hola? ¿Dylan? ¿Estás ahí?».

—Estaba bromeando, no iba en serio —me excusé. Ella alzó las cejas, incrédula, para clavar los codos en el suelo y arrugar la cara en un gesto de dolor—. No te muevas, los golpes en la cabeza pueden ser muy malos.

—¿Lo dices por experiencia? —preguntó.

—Sí, mi hermano me tiró de la cuna nada más nacer, eso de compartir útero nueve meses y que le meara en la cara lo dejó algo resentido. —Ella me miró horrorizada. No vi ninguna señal que me indicara que se sintiera deslumbrada por mi apostura, es más, parecía no haber pillado la broma y no disimulaba con una de esas risitas falsas que me ofrecían la mayoría de mujeres para reírme las gracias. Intenté arreglarlo—. Es broma, soy Dylan y hoy es mi primer día. —Me puse en pie y le tendí la mano para ayudarla a levantarse. Ella agarró sus maltrechas gafas y de mala gana tomó la mía para incorporarse. Sentí tal calambrazo que tentado estuve de soltarla, me frené para no volver a tirarla contra el suelo, aunque me muriera de ganas de tenerla de nuevo bajo mi cuerpo.

Era más bajita que las chicas con las que solía salir, incluso a eso le veía su encanto. Tampoco ayudaba que fuera con unas bailarinas que no le aportaban ni un centímetro de más.

Se tambaleó un poco tocándose el punto de impacto. Me llegaba por debajo del pecho y yo estaba acostumbrado a salir con modelos y azafatas. Pensándolo bien, me gustaba que se viera tan manejable.

—Déjame ver —sugerí, colocándome detrás de ella para apartar la coleta.

—No es necesario, sé cuidarme sola y tengo prisa —respondió esquiva sin dejar que la rozara. Desprendió un suave aroma a flores que me recordó a la llegada de la primavera. Puede que por eso me sintiera un poco capullo.

Se agachó para recoger los papeles que debería haber cogido antes y que con mi caída habían quedado diseminados por el suelo.

Reconocería aquellos gráficos en cualquier parte. Eran resultados derivados de la secuenciación del análisis de ADN.

«Mmm, interesante... Así que *missojosbonitos* trabaja en el laboratorio...».

—Deja que te acompañe a la cafetería —sugerí, queriendo saber mucho más de ella.

—No iba a tomar un café, pero gracias por la invitación.

—Lo decía para pedir un poco de hielo y ponértelo en el golpe, no para pedirte una cita. —Su piel blanca se encendió avergonzada—. No me malinterpretes, me encantaría que quedáramos esta noche y así me aseguro de que no sufres daños colaterales por mi culpa. —Ella estrechó los ojos.

—Eres increíble.

—Me alegro de que te hayas dado cuenta, tú tampoco estás nada mal. —Me froté la barbilla en un gesto de virilidad que no me fallaba nunca.

—Oh, madre mía... Ahórratelo.

—¿El qué? —No la entendía.

—Si ahora viene la parte de lo de «no eres guapa, sino lo siguiente», no hace falta que la repitas, ya tuve suficiente esta mañana. —El tropiezo debía haberme fundido algunas neuronas, ¿cómo no había caído? Bajita, rubia, con gafas, coleta... ¡Era ella! ¡Con la de partidas que le había ganado a Noah de pequeño al ¿Quién es quién?! ¡Qué oxidado estaba!

—¿Duendecilla? —inquirí, intentando corroborar lo que ya sabía. Ella puso los ojos en blanco al escuchar el apelativo y yo tuve que sonreír—. Madre mía, en las distancias cortas ganas. ¡No tienes bigote ni el entrecejo peludo! —La rubia parpadeó varias veces.

—Al final sí que me voy a tener que creer que tu hermano te tiró de la cuna. —Era guapa, lista y tenía un puntito de sarcasmo que me la ponía dura, aunque no sonriera, y me descubrí sintiendo la necesidad de que lo hiciera conmigo. Tenía que remontar si quería una oportunidad con ella.

—Esta mañana no hemos empezado con buen pie, creo que el universo está ofreciéndonos una segunda oportunidad para que te des cuenta de que no soy lo que crees. —Ella me contempló escéptica—.

Nos lo debemos, Duendecilla, si el cosmos quiere que nos conozcamos, ¿quiénes somos nosotros para despreciarlo?

—¿Es en serio que empiezas hoy a trabajar aquí? ¿Qué eres? ¿El de mantenimiento? Porque dudo que la doctora Miller haya contratado a alguien como tú en el laboratorio.

—Te sorprenderías... —Empujé las comisuras de mis labios hacia arriba—. Puede que seamos más compatibles de lo que piensas.

—Lo dudo, solo ha hecho falta que te viera dos veces para comprender que tú y yo somos como la mecánica cuántica versus la clásica, dos conceptos antagónicos obligados a convivir en el mismo universo. —Trazó un círculo con las manos. ¡Dios, su reflexión acababa de ponérmela como una roca!

—Si te refieres a que los átomos individuales se comportan de acuerdo a ciertas leyes, pero que cuando se los reúne para componer una pelota, responden a otras totalmente incompatibles con las primeras, yo creo que tiene su lógica. —Vi un destello de sorpresa en sus ojos azules. «Eso es, nena, acabas de darte cuenta de que no soy un simple listillo».

—Veo que has hecho los deberes, muy bien, así será mucho más sencillo que comprendas que contigo no iría ni a la esquina. —¡*Boom*! ¿Eso era un desafío? Sí, olía a desafío y a mí me encantaban—. Tú y yo somos como el potasio y el uranio, completamente incompatibles.

—A la par que necesarios —anoté. Recogí el último de los papeles que se había quedado atascado bajo mi pie y se lo tendí. Ella limpió mi huella como pudo—. Por cierto, Duendecilla, lamento decirte que en relación a las teorías de mecánica cuántica y clásica se está estudiando la manera de que sean compatibles...

—Pues hasta que lo sean... —Hizo el amago de deshacerse de mí. No iba a ponérselo tan fácil.

—Espera, creo que eres una chica inteligente y me gustaría hacerte una proposición. ¿Qué te parece si te ofrezco la posibilidad de darle un revés a la ciencia y que encontremos esa compatibilidad antes que ellos?

—¿Estás proponiéndome un proyecto?

—Podríamos llamarlo así, vamos a experimentar con nosotros mismos. ¿Salimos? —Duendecilla, que no tenía un pelo de tonta, chasqueó la lengua al darse cuenta de lo que pretendía.

—Estoy demasiado ocupada como para ir desmontando teorías con un novato. Suerte en tu primer día, vas a necesitarla con la doctora. —Sacudió los papeles frente a mi cara y se dirigió al ascensor para pulsar el botón de llamada.

—¿Eso es un no?

—¿A ti que te parece? —Me dedicó una última mirada para concentrarse en la apertura de la puerta.

—Una verdadera lástima —murmuré sin lograr que se diera la vuelta por última vez—. Hoy me apetecía hacer historia contigo y te garantizo que la habríamos hecho.

Creció dos palmos al oír mi reflexión, estiró tanto la espalda que casi la vi rozar el techo con la cabeza. Por segunda vez en esa mañana, vi su cuerpo siendo engullido por un par de puertas, y me hubiera encantado ser ellas.

Pasé la tarjeta de acceso y mi sonrisa se amplió en cuanto vi el refugio futurista de mi madre.

Los trabajadores y becarios estaban en sus puestos, ataviados con la típica bata de laboratorio de color blanco, guantes de nitrilo y gafas protectoras.

Ella caminaba arriba y abajo, dando órdenes con la precisión de un general en medio de una guerra, con la mirada puesta en cada acción y con la minuciosidad de un neurocirujano en plena operación.

—Buenos días —saludé con una sonrisa que hizo levantar más de una mirada. Mi madre oteó el reloj de pulsera que le regalé para su último cumpleaños, se recolocó las gafas, que el oculista le había aconsejado para mitigar los dolores de cabeza derivados de la presbicia, y alzó una ceja, en un arco perfecto, que pretendía reñirme por no estar a tiempo en mi puesto.

—Tres minutos tarde —masculló.

—Tuve un incidente al salir del ascensor, ayudé a una pobre chica que perdió los papeles al verme. —Mi madre, que ya estaba habituada al humor que me gastaba, se limitó a girar la cara hacia la bonita morena que había dejado su trabajo para contemplarme. Debía rondar los veintidós y lucía una lustrosa melena castaña que le envolvía el rostro en una cortina sedosa.

—¿Ya está el cultivo celular? —le preguntó mi progenitora a la chica, que se puso seria de inmediato.

—Solo me falta ajustar la concentración al nivel que corresponde.

—Pues hazlo y procura no equivocarte, la precisión es básica para un proyecto como este —la reprendió.

—Sí, doctora Miller —asintió, agachando la cabeza para regresar a su tarea.

Mi madre recorrió la distancia que nos separaba con su andar seguro y altanero.

Siempre había admirado su capacidad de sacar adelante cualquier tarea, por difícil que pudiera parecer, tenía una tenacidad implacable. El modo en que se enfrentaba a los obstáculos como si fueran auténticos retos me fascinaba. Lástima que no pudiera decir lo mismo a nivel personal.

Admiraba a la mujer y sentía lástima por la madre, tan plena laboralmente y vacía en casa.

—Que mi hijo llegue tarde su primer día no es algo positivo. Tienes que cuidar tu imagen tanto por fuera como por dentro.

—Si preguntas en recursos humanos, te darás cuenta de que he llegado a la empresa mucho antes de mi horario, ya te he dicho que he sufrido un altercado.

—Excusas, hace tres minutos que deberías haber estado aquí, con la bata puesta para recibir mi primera orden. En lugar de eso, he tenido que enviar a Winni al archivo y hacerla responsable de una faena que no es la suya. Ahora mismo debe estar introduciendo los datos de las muestras en el ordenador central y, como ya sabes, esa es una de tus tareas. —Discutir con ella era lo que menos me apetecía, preferí excusarme.

—Lo siento. No volverá a ocurrir, ¿quieres que vaya al archivo y me ponga al tajo?

—Estaría bien, sé que con seguridad te harás con el programa nuevo en un visto y no visto, pero... Pídele a Winni que te ponga al corriente de su funcionamiento, todos los empleados recibimos un curso de formación para poder manejarlo, así te harás con él más rápido.

—Está bien, ¿algo más?

—Sí, antes de irte, deja que te presente al resto del equipo. —Se aclaró la voz y pidió a los trabajadores que le prestaran atención—. Dejad lo que estáis haciendo y atendedme un minuto. —Los rostros de aquellos hombres y mujeres se centraron en nosotros—. Él es Dylan Miller, nuestro nuevo biotecnólogo y, como ya habréis deducido por su apellido, también es mi hijo. Si alguien piensa que está aquí por ser quién es, está en lo cierto. Ha sido el mejor de su promoción, se ha licenciado con matrícula de honor en la Universidad de Queensland y me alegra enormemente que haya aceptado formar parte de este proyecto. Bienvenido a mi equipo, Dylan.

Con aquellas simples y meditadas palabras, estaba diciéndoles a todos que si estaba ahí, era por méritos propios, no por ser su retoño enchufado. Sabía que no bastaba con eso, que debería demostrar mis capacidades y ganarme la confianza de los allí presentes, cosa que no me preocupaba lo más mínimo, pues era un hacha en eso.

—Gracias, doctora Miller. —Tanto Noah como yo acordamos con ella que en el trabajo la llamaríamos por su cargo—. Espero que, como ha dicho, pueda aportar mis conocimientos y crecer con este maravilloso equipo. Sé que aprenderé de vosotros, absorberé lo que podáis enseñarme y os prometo volcar mi esfuerzo para llevar el proyecto «Godness» a lo más alto. Os pediría que tengáis un poco de paciencia conmigo respecto a vuestros nombres, es algo que siempre se me ha resistido y tiendo a poner apodos porque soy un pelín desastre; si no os gusta, bastará con que me lo repitáis hasta que se me quede. —La morera pellizcó su labio inferior con los dientes, a esa podía llamarla como quisiera, sobre todo, si la tenía gimiendo sobre mis piernas. Al resto, ya me los iría ganando, no había prisa.

—En las batas están los nombres de pila de cada uno, excepto en la mía, porque todos saben cómo me llamo —expresó mi madre, enseñándome el nuevo uniforme.

—Es verdad, aquí está el mío. —La morena se alzó para señalar el lugar exacto donde aparecía el suyo, encima de un precioso y generoso escote.

—Muchas gracias, Lisa —respondí, fijándome en las letras ubicadas sobre la empinada colina. Ella me ofreció una sonrisa sugerente.

—Ya ha pasado el minuto, volved a lo que estabais haciendo, y, tú —apuntó hacia un perchero donde colgaba una pieza de ropa—, coge tu bata y sube al archivo, la había dejado preparada para cuando llegaras.

—Eres la personificación de la eficiencia, deberías ser presidenta en lugar de científica. —Le guiñé un ojo—. Gracias, mami —susurré para que nadie nos oyera—. Me pongo a ello de inmediato.

Fui a por la bata y directo al archivo, a ver qué iba a enseñarme Winni, el Osito. ¿Sería un diminutivo de Winefrido o una apuesta perdida? Me reí mentalmente ante la ocurrencia. En nada lo averiguaría.

Llegué a la segunda planta, donde estaba el archivo, allí se guardaban todas las muestras de ADN desde que Genetech abrió sus puertas. Ocupaba una zona muy extensa, que se había ido ampliando a lo largo de los años, por lo que había pasado por varias reformas. Estaba plagada de neveras y congeladores que no podían sufrir oscilaciones de temperatura. Si había un corte de luz, se encendían unos generadores de emergencia para salvaguardarlas.

En mitad de la estancia se encontraba un amplio escritorio central y varios ordenadores. Por lo menos había cuatro estaciones de trabajo donde se introducían los parámetros de las muestras secuenciadas.

Agudicé el oído, me pareció escuchar una voz femenina hablando con alguien. ¿Tendría Winni un escarceo con alguna trabajadora? ¡Con lo que a mí me gustaba el salseo! Aunque no lo pareciera, era muy fan de las comedias románticas, solo que las veía a escondidas, mi hermano y mis amigos nunca lo comprenderían.

—No, lo siento, no puedo, ya se lo he dicho. Necesito más tiempo, no está siendo fácil... —Silencio. La otra persona no se oía, o Winni era mudo, o la mujer estaba hablando por teléfono... Un momento, ¿y si Winni era una mujer? Mi madre no había dicho que fuera un tío, eso lo había deducido yo solito... Interesante. Silencié mis pasos al máximo, lo de escuchar detrás de las neveras no estaba bien visto, pero... A mí me molaba un huevo, los secretos eran el arma más poderosa del mundo—. No puedo seguir hablando ahora, tengo que colgar... —Vale, por lo poco que había escuchado, mi intuición decía que acababa de romper con su novio, puede que se hubieran dado un tiempo y este le insistía para quedar—. Sí, vale, está bien, esta noche le llamo. En serio, tengo que colgar, a la doctora Miller no le gustan los atrasos, y llevo cinco minutos hablando contigo. Sí, está bien, le prometo que no me olvidaré y que lo haré, aunque sea tarde. Hasta luego. —La chica resopló, señal inequívoca de que se sentía agobiada. Era muy bueno en el lenguaje no verbal.

Me apoyé en el lateral de la nevera en la que me había ocultado y crucé un pie sobre el otro con aire desenfadado, poniendo una mano en el bolsillo del vaquero. Pasé mi escáner por la espalda de la figura femenina encontrando en ella todas las coincidencias posibles. «Vaya, vaya, vaya, así que la duendecilla se llama Winni y alguien le ruega sus atenciones cuando debería estar trabajando...». No era de extrañar, era un bocado demasiado apetecible como para dejarlo ir demasiado rápido. Solo de imaginarla tan pequeña y desnuda ya me empalmaba. Mejor que cambiara de pensamiento.

—¿Problemas en el paraíso? —pregunté, haciendo que se sobresaltara. Dio un graznido atragantado, lo que me hizo pensar en una gaviota que una vez me robó el bocadillo.

Duendecilla acababa de guardar el móvil en el bolsillo lateral de la bata y estaba acomodándose la montura medio rota de las gafas para regresar a la silla. Me miró llevándose una mano al pecho, igual que si hubiera visto una aparición.

—¡Tú! —bramó acusatoriamente—. ¿Qué haces aquí? ¿Cómo has entrado? ¿Me has seguido? —cuestionó, mirando de lado a lado, buscando a alguien que pudiera echarle una mano. Un poco paranoica sí que era la muchacha; si le había dicho que hoy empezaba a currar, lo más lógico era que nos cruzáramos en algún punto.

—Puedo responder a todas esas preguntas si dejas de mirarme como si fuera un asesino en serie, «osita Winni», —dije lo de osita porque recordé que a Cri-cri le chiflaba Piglet, el amigo de Winnie the Pooh; ya estaba asociando cosas otra vez.

Había remarcado el nombre para que supiera que había averiguado cómo se llamaba.

—No soy ninguna osita, ni tampoco una duendecilla, solo soy Winni, a secas.

—Un poco seca sí que eres. No veo a tus padres poniéndote ese nombre en honor al afamado osito amante de la miel.

—No seas ridículo, me llamo Winnifreda, de ahí que me llamen Winni. —Solté una carcajada incontenible y ella frunció el ceño.

—Perdona, es un nombre muy grande para una mujer tan pequeña.

—Al parecer, eso sí que lo tenemos en común, tienes una cabeza muy grande para un cerebro tan pequeño. —Su reflexión me hizo sonreír; decididamente, esa chica me gustaba. Las cañeras eran mis predilectas y, aun así, tenía un aire de tímida inteligente que me ponía muy bruto.

—¿Ya no quieres saber quién soy o qué hago aquí? —Volvió a mirar nerviosa alrededor—. Estoy solo, no hace falta que mires más, si hubiera querido acabar con tu vida, me habría bastado con no levantarme cuando tropecé contigo. ¿Comes bien? Estás muy delgada.

—Mira, no tengo tiempo ni ganas de seguir con tus apreciaciones sobre mi persona o mi alimentación. Tengo que seguir trabajando y no estoy para distracciones inoportunas, así que haz lo que hayas venido a hacer, que yo tengo mucho trabajo. —Tenía que aflojar si quería ganármela, mi humor no parecía funcionar.

—Antes ya te dije mi nombre, ¿recuerdas? Soy Dylan, el nuevo biotecnólogo, y hoy es mi primer día; al parecer, somos compañeros de trabajo, vengo a aligerarte la carga. —La noticia no pareció sentarle demasiado bien.

—Así que tú eres el que ha llegado tarde y por eso estoy haciendo tu trabajo en lugar del mío… ¡Genial!

—No llegaba tarde, tú me hiciste caer.

—¡Ah! Ahora va a resultar que yo tuve la culpa de que me convirtieras en tu improvisado felpudo... Disculpa por no lanzarme al suelo en cuanto intuí que saldrías por esas puertas.

—Disculpa aceptada —respondí, ganándome que arrugara su naricilla impetuosa—. Si no hubiéramos tropezado, habría llegado a mi hora.

—Si conocieras a la doctora Miller, sabrías que tu hora es sinónimo de estar en tu puesto y con la bata colocada cinco minutos antes de lo que marca tu jornada laboral, harías bien en recordarlo la próxima vez.

—Parece que conoces muy bien a la doctora... —Se encogió de hombros—. ¿Algún consejo que puedas darme para remontar con ella? —Como Winni no había estado en mi presentación, se había perdido la parte de que era el hijo de la jefa.

—Pues viendo tu conducta, te diría que volvieras en otra vida. —No estallé a carcajadas de casualidad. Era incisiva, me gustaba—. La doctora Miller es una profesional como pocas, por lo que no tolera a los graciosos, a los que llegan tarde, ni a los que pierden el tiempo flirteando en lugar de estar en su puesto de trabajo.

—¿Estás intentando decirme que antes estaba tonteando contigo? —Ella resopló. Aquellas gafas torcidas sobre el diminuto puente me daban ganas de sacárselas para tratar de enderezarlas.

—Lo que intentaba era darte tres nociones muy básicas para que no te entierres más en el lodo y que tengas una oportunidad de seguir trabajando aquí mañana por la mañana. Si de todo lo que te he dicho solo has sido capaz de quedarte con eso, allá tú.

—¿Siempre estás tan a la defensiva?

—¿Y tú desayunas payasos? —Juro que intenté evitar sonreír, pero fui incapaz—. Eres exasperante. Normalmente, ni siquiera hablo, pero contigo me afloran todos los demonios —resopló.

—A lo mejor no habías dado con el diablo adecuado. Hagamos un trato; yo intento no hacerte ninguna gracia más que te haga desear verme arder en el infierno y, a cambio, tú cumples la orden de tu querida gran diosa Miller.

—¿Qué orden?

—Me ha enviado ella para que me pongas al día y me enseñes cómo funciona el programa.

—¿Es una broma?

—*Nop.*

—Estupendo, esto era lo que me faltaba para empezar bien la mañana. —Tuve ganas de decirle que yo no podría haberla comenzado mejor que con su cuerpo bajo el mío, pero me abstuve, no iba a forzar más la máquina.

Tenía un plan simple y efectivo, pasar todo el tiempo que pudiera con Winni para conocerla mejor y entender cómo comunicarme con ella. Si quieres ser empático, lo primero que debes hacer es entender a tu interlocutor, ser asertivo y descubrir su canal de comunicación para emitir en la misma frecuencia.

En primer lugar, me haría el tonto. No en exceso, un término medio, me interesaría mucho por lo que me explicaba, pero que tenía ciertas dificultades para quedarme con algunos conceptos, eso me haría ganar minutos con la duendecilla gruñona.

Pasamos una hora juntos, en la cual memoricé su sutil aroma a flores, era como si la primavera me estallara en la nariz cada vez que tomaba un poco de aire. Era una chica paciente a la hora de enseñar, sus manos eran bonitas y carentes de artificios, nada de uñas pintadas de rojo o una largura excesiva que te hiciera plantear que nunca le permitirías que te metiera un dedo por el pozo ciego. Las suyas se veían cuidadas, de corte cuadrado y con un esmalte que les aportaba brillo, nada más. No llevaba anillo, solo un par de pulseras de cuero, una de las cuales parecía muy vieja.

Tres veces me perdí cuando asomó la punta de la lengua para hidratarse los labios. Había hablado tanto que debía tener la boca seca, me hubiera encantado humedecérsela palmo a palmo. Oyéndola hablar, se intuía que era de esas personas que solo hablaban si lo creían necesario, era más de escuchar, aunque se le daba genial dar explicaciones, como si hubiera hecho de profe particular o tuviera hermanos pequeños.

Podría haber estado horas ahí, sentado, perdido en esos dejes característicos de algún país europeo. No quise ahondar más en su vida privada porque sabía que se incomodaría y no me importaba ir descubriéndola lentamente. Era uno de esos regalos que recibes de forma inesperada, y que cuando piensas que ya lo has desenvuelto, te das cuenta de que dentro había otra caja, y así sucesivamente.

Después de que me dijera que no estaba haciéndolo bien por tercera vez, que tenía que fijarme más, me puse en pie y me coloqué detrás de ella, con mi mejilla casi rozando la suya. Atrapado en el calor que emergía de su cuerpo, pero sin tocarla.

—¿Qué haces?

—¿No me has dicho que tenía que fijarme más? Estaba buscando un ángulo mejor, y si me pongo aquí, casi puedo verlo de la misma manera que tú. —La noté contener el aliento, casi podía oír la velocidad a la que circulaba su sangre, su aroma en aquel punto era mucho más intenso. Apreté los dientes para no sucumbir a la tentación de pasar la nariz por su cuello y perderme en aquel jardín al que no había sido invitado.

—¡Basta! —protestó nerviosa, quería salir de la prisión en la que la había encerrado. Tenía el escritorio delante y mi cuerpo pegado a la silla, estaba atrapada.

—¿Basta? —Me hice el sueco.

—Eso he dicho. Lo que no hayas aprendido ya, tendrá que explicártelo otro, me estás atrasando mucho con el trabajo que tenía que hacer hoy y eso implica que terminaré tarde. ¿Puedes apartarte para que pueda salir, por favor?

Estaba visiblemente alterada, y decidí darle algo de espacio y le hice caso. Apoyé mi trasero sobre la mesa, quedando de cara a ella y viéndola incorporarse.

—Si te preocupa salir tarde porque has quedado con tu novio..., puedo ayudarte con tus tareas. Hoy por ti, mañana por mí.

—No necesito tu ayuda, solo me retrasarías. —Recogió los papeles con los que habíamos estado trabajando y los dejó amontonados y perfectamente alineados. Una chica limpia, resuelta, discreta y ordenada—. Espero que puedas terminar el trabajo tú solo.

—Lo intentaré, aunque seguro que tardo un poco hasta hacerme con el programa. Gracias igualmente por las clases particulares, te debo una, Duendecilla.

—No me debes nada, era una orden y la he cumplido. Y haz el favor de no llamarme así, tengo un nombre, úsalo. —Las gafas se le descolgaron y yo las pillé al vuelo. Tenían una pata torcida y sus orejas también eran ridículamente pequeñas. Debería usar lentillas. Se las tendí—. Menudo fastidio, tendré que ir a la óptica para que me las ajusten.

—Si quieres, puedo acompañarte y pagarte la factura, al fin y al cabo, que estén así es culpa mía. —Las tomó de mi mano y, al rozarse nuestros dedos, aquella descarga eléctrica volvió a sacudirme de arriba abajo.

—Auch —protestó—. ¡Estás cargado de energía estática! —En otro momento le hubiera dicho que si estaba ofreciéndose a descargarme. Con los pocos avances que habíamos hecho, me tocaba tirar de ingenio.

—O puede que seas tú quien estés cargada de energía negativa, ya sabes que eso ocurre cuando una persona está llena de electrones negativos...

—Claro, y tengo que ser yo la del nubarrón en la cabeza.

—Por lo menos eres la que más gruñes, podrías probar a sonreír, seguro que te sienta de maravilla. ¿Qué?, ¿vamos juntos a la óptica? Te acompaño cuando acabe nuestro turno. —Estiró los labios en una mueca de disgusto.

—No te confundas, solo te he enseñado cómo funciona un programa, estoy aquí para trabajar y aprender de la mejor, no para flirtear. Pierdes el tiempo conmigo.

—Mujer, solo quería pagarte la montura nueva.

—Yo me ocupo de mis propios gastos. Harías bien en ponerte ya con el trabajo, a la doctora Miller no le gustan las demoras.

—Es mi primer día, no creo que pase nada si gasto algo más de tiempo.

—Con esa actitud, no llegarás a ninguna parte. Que te sea leve la mañana, al ritmo que vas, no te doy aquí ni una semana.

—Gracias por el ánimo.

—Soy realista, y en vista de lo que te cuesta meter una simple base de datos, te diría que fueras echando el currículum en la cafetería, tienes más aptitudes de camarero que de biotecnólogo. ¿Estás seguro de que has acabado la carrera?

—Tuve suerte.

—Pues aquí la vas a necesitar a raudales. Que te vaya bien el día.

—Igualmente —me despedí.

Duendecilla puso sus manos en el interior de los bolsillos de la bata para sacar de ella la tarjeta y poder salir del archivo. Me quedé admirando su espalda mientras desaparecía, Winni iba a ser un maravilloso reto.

Capítulo 3

Yonki emocional.

Dylan, en la actualidad.

Estreché la mano del hombre que era el jefe de Recursos Humanos de la empresa. Por suerte, en Alemania el inglés se estudiaba como segunda lengua, resultaba muy extraño que un alemán no tuviera ni idea del idioma.

La entrevista fue mucho mejor de lo que intuí. Mr. Becker era un profesional del sector, sabía cuándo tenía delante un buen fichaje, y yo me consideraba el Ronaldo de los biotecnólogos. Me aficioné al fútbol en mis veranos en Madrid.

Mr. Becker no movió un solo músculo al leer mi currículum, dudé sobre si lo había visto pestañear o no. Permanecía con los codos clavados en la mesa de madera oscura, con el ceño fruncido y la mirada puesta en cada una de mis aptitudes. Cuando terminó de leerlo, lo encuadró entre sus inmensas manos y me preguntó:

—Tengo dos cuestiones. ¿Por qué quiere trabajar con nosotros? ¿Y por qué cree que deberíamos contratarlo?

Era un hombre de rictus serio, tendría unos cincuenta y tantos, alto, enfundado en un traje azul marino que emanaba tanta profesionalidad como él y una mirada tan rotunda que parecía poder sacarte la verdad sin necesidad de clavarte alfileres entre las uñas.

Muy bien, esas me las sabía, Liam nos contaba las respuestas más absurdas que solían contestar los candidatos y nos aleccionó sobre cómo preparar una entrevista para salir con el puesto.

Apunté la mirada del mismo modo en que haría un francotirador con su objetivo, directa a las pupilas del jefe de Recursos Humanos, dispuesto a hacerme con la pieza.

—Quiero trabajar en Boehrinbayer porque la visión y valores de su empresa coinciden con los míos. Es uno de los mejores laboratorios de Alemania, con la tecnología más puntera y se dedican a mi gran pasión, que es el sector de la investigación. Ustedes no esperan a que el futuro les alcance, son el futuro, aportan valor a través de la innovación y de la creencia de que todos somos esenciales.

—Veo que trae los deberes hechos y la lección aprendida. —Mr. Becker no era un hombre tonto, que se arrugara o al que tuviera que subestimar.

—Uno tiene que ir a la universidad a ampliar conceptos y llevar de casa la lección aprendida, solo así se logra la excelencia.

—Me gusta su forma de pensar, eso dice mucho de usted, pero... —Su mirada se hizo mucho más profunda, buscaba hurgar en aquel poro que apenas se veía y que él era capaz de vislumbrar gracias a su dilatada experiencia—. Ahora dígame la verdad, ¿por qué nosotros? —Aquel hombre estaba demasiado ducho en la materia como para tomarle el pelo, de una encrucijada así solo se salía con la verdad a cuestas, por lo que le di lo que buscaba.

—Por una mujer. —Fue la primera vez que parpadeó.

—¿Una mujer?

—Sí, una mujer. Vine a Darmstad persiguiendo a una, ella fue quien me trajo hasta aquí, así que el motivo de querer trabajar en su empresa es por amor. Amor a la ciencia y amor a una mujer. —Las comisuras de sus labios se alzaron imperceptiblemente.

—Dicen que el amor y la fe son los únicos sentimientos capaces de obrar milagros.

—Además de hacer que dejes atrás una vida para cruzar hasta la otra punta del mundo, porque sabes que si no lo haces, nunca podrías perdonártelo. —Me había fijado en su anillo de casado, en el marco de fotos de plata reluciente en el que aparecía una mujer y los que supuse que eran sus tres hijos. Se notaba que Mr. Becker creía en la familia, el amor y sus valores—. ¿Puedo? —Le pregunté antes de tomarlo entre las manos, para observarlo detenidamente—. Una familia preciosa, se nota que ha hecho un gran trabajo, ojalá algún día yo pueda lucir con orgullo uno como ese sobre mi mesa. —Lo devolví a su lugar y él asintió complacido.

—No pongo en duda que lo logre. Volviendo a la entrevista... ¿Qué va a aportarnos su contratación, señor Talbot?

Había cambiado de identidad, Brau me echó una mano para conseguirme una vida nueva, una tan falsa como la de Winni; al pensar en ello, arrugué los dedos de los pies.

Ahora llevaba barba, como Noah, la había teñido junto a mi pelo de negro, usaba lentillas oscuras, además de unas gafas de pasta color azabache, que me daban un aire de intelectual bohemio, por supuesto, con un cristal que solo servía para proteger mis ojos de la radiación del PC.

Volví a buscar su mirada, era importante hablar a los ojos del entrevistador, mostrar templanza y seguridad en uno mismo.

—Voy a ser uno de sus mejores activos. Le contaré mis virtudes, porque dudo que le interesen mis defectos, así que le diré que soy un trabajador infatigable, me gusta el trabajo en equipo, soy un apasionado de lo que hago hasta rayar lo obsesivo y le aseguro que, si me dan la oportunidad, no pienso decepcionarles.

—¿Por qué no?

—Porque sería un loco con el sueldo que pagan, más los incentivos. —La boca de Mr. Becker me ofreció una sonrisa sincera.

El teléfono sonó, me dijo que tenía que contestar, que se trataba de algo importante y me pidió un minuto. Era la segunda vez que había parpadeado al ver el número de la pantalla. Eso mostraba que la llamada lo ponía en guardia, quizá fuera el director ejecutivo.

Solía fijarme mucho en ese tipo de cosas, los gestos de una persona revelaban mucho más que las palabras.

Mr. Becker escuchaba más de lo que hablaba, decididamente, era alguien importante. Me entretuve observando la extensa biblioteca repleta de títulos de grandes pensadores, mientras oía una conversación corta salpimentada con monosílabos. Winni me había enseñado algunas palabras en su lengua, las típicas: hola, adiós, gracias, de nada, te quiero y me encanta follar contigo... Eso no se lo iba a decir al Mr. Becker, hubiera sido bastante raro.

Si hubiese podido escuchar a través de la línea de teléfono, habría oído la voz grave que estaba al otro lado, advirtiéndole a Mr. Becker que no hacía falta que siguiera con la entrevista, que me quería dentro y que ya podía concluir con las preguntas.

No me di cuenta de que, en uno de esos libros que tanto admiraba, había un minúsculo agujero en el lomo que ocultaba una cámara.

Todo lo que había dicho, cada movimiento, cada gesto, estaba siendo monitoreado, trasladado a las pantallas de seguridad y visto por la persona que permanecía detrás de la empresa y cuya identidad desconocía.

Cuando Mr. Becker colgó, emitió una palabra de disculpa por la interrupción, cogió el currículum y lo colocó en una bandeja.

—Bienvenido a Boehringbayer —prorrumpió, tendiéndome la mano. Así, sin más, y no iba a ser yo quien le pusiera pegas a su bienvenida.

Llevaba una semana estudiando la empresa, preguntando aquí y allá si era difícil entrar a trabajar en los laboratorios. Me contaron que tenían una bolsa de trabajo permanentemente abierta, que se trataba de una empresa en expansión y que no solían rechazar activos importantes. Como le dije a Mr. Becker, había hecho bien los deberes.

—Muchas gracias, ¿cuándo empiezo? —pregunté, respondiendo al apretón.

—Si le parece bien, mañana. Comenzará con una formación que durará alrededor de una semana. Los jefes de unidad harán que pase por distintos departamentos para que comprenda nuestra filosofía de empresa desde dentro. Nos gusta que los trabajadores sepan qué esperamos de ellos desde el primer minuto con total transparencia. Al finalizar la semana, le asignaremos un equipo de trabajo y un proyecto, tenemos varios abiertos.

—Me parece muy coherente y le agradezco la confianza.

—Empezará con un periodo de prueba de treinta días; si lo pasa, le haremos un contrato por seis meses. Su jornada laboral dará comienzo a las siete de la mañana hasta las tres de la tarde. Tenemos un comedor para los trabajadores, las dietas están incluidas y la comida que servimos es orgánica y de kilómetro cero. Creemos en la importancia de fomentar la economía local de los productores cercanos.

—Es muy loable ayudar a la comunidad.

—En las instalaciones dispone de un gimnasio para empleados, podrá practicar deporte antes de su turno o al finalizarlo, solo debe informar al encargado del horario que escoge. Cuidar de la salud de nuestro personal es primordial.

—Y va en consonancia con una buena filosofía de empresa; si los trabajadores están sanos y contentos, son más productivos. Además, así se aseguran de reducir bajas, el deporte y la alimentación son la mejor medicina preventiva.

—Correcto, me gusta que su línea de pensamiento sea tan parecida a la nuestra.

—Ya le dije que iba a ser un buen activo.

—Los datos sobre su domicilio, los que aparecen en el currículum, ¿son los correctos? —Lo eran, pero no con exactitud, les había dado el número de piso de mi vecino de abajo por si acaso. Las empresas no solían enviar cartas a casa.

—Sí —confirmé rotundo—. Me mudé hace una semana.

—Perfecto. Imagino que tendrá un número de cuenta, déjeselo a mi secretaria, si no lo lleva encima... —Saqué el móvil.

—Banca *online*.

—Un hombre sobradamente preparado, eso es bueno—. Se levantó de su silla, yo hice lo mismo—. Eso es todo.

—Gracias por la oportunidad, Mr. Becker, no se arrepentirá.

—No lo dudo. —Me acompañó hasta la puerta y le pidió a la secretaria que tomara nota del número de cuenta que iba a darle. Después la cerró y, a través del cristal ahumado, vi cómo regresaba a la mesa. Los jefes de Recursos Humanos siempre solían estar muy ocupados.

Agna me ofreció su particular bienvenida acariciándose el escote. No se me había pasado por alto que uno de los botones se había desabrochado en el rato que estuve en el despacho.

Era guapa, debía rondar los veintisiete. Y, como todas las alemanas, tenía el pelo rubio, además de la piel blanca y los ojos claros. Flirteé un poco, tener en el bolsillo a la secretaria del jefe de Recursos Humanos podía ser un buen punto a mi favor. Ella correspondió a mis atenciones aleteando sus pestañas y lanzando risitas a cada cumplido que le lanzaba. Se suponía que había venido por amor, así que tampoco podía ser demasiado desprendido en mis halagos.

—Entonces, ¿eres nuevo en la ciudad?

—Sí, soy de Nueva Zelanda, ya sabes, en el culo del mundo — concreté, apoyando media nalga en la mesa.

—Ummm, qué interesante, tienes pinta de deportista. Seguro que jugabas al rugby y hacías ese baile tan *sexy* donde esos hombres cubiertos de tatuajes gruñen y rugen a lo Momoa.

—Sí, bueno, Aquaman puso el listón muy alto. Él y yo no tenemos mucho que ver.

—Yo creo que os dais un aire. —«A esa chica le hacían falta unas gafas con urgencia»—. Quizá tú estás algo más delgado, pero eres muy guapo y se te ve muy bien.

—Gracias por el halago.

—Tal vez, algún día, podrías hacerme el baile de la victoria — coqueteó, llevando su cuerpo un poco más cerca del mío para ofrecerme unas espléndidas vistas.

—Tendrás que esperar, como mínimo, a que pase el periodo de prueba; si lo hago, te bailo hasta el Schuhplattler. —Era el baile típico tirolés, lo sabía porque en mi época universitaria organizábamos torneos de Scattergories y esa era una de las preguntas que la mayoría fallaba. Ella emitió una risita nerviosa.

—Ya verás como sí, es muy extraño que alguien salga de una primera entrevista con el puesto, así que mi jefe debe haber visto algo en ti, y no me extraña, yo también lo veo. —Bajó la mirada hasta mi trasero con apetito. Aquellos vaqueros me hacían un buen culo.

El teléfono de Agna sonó y ella carraspeó con pesar.

—Disculpa, tengo que contestar.

—No pasa nada, te aburrirás de verme la cara hasta que se den cuenta de que conmigo se han equivocado, que les he mentido, que soy Momoa infiltrándome para aprender un nuevo papel, y me echen. —La rubia me ofreció otra risita nerviosa—. Mañana paso por aquí para darte los buenos días y así firmar el contrato. —Su sonrisa se amplió cuando le guiñé el ojo.

—Estaré esperándote. Hasta mañana, Marc. —Saboreó mi nombre descolgando el teléfono, y yo le ofrecí otra caída de ojos.

Salí del departamento recuperando el rictus serio que se había apoderado de mi rostro en los últimos tiempos.

El exterior de los laboratorios te hacía intuir cómo sería la decoración interior. Eran muy distintos a Genetech, cuya fachada de cristal se fusionaba con el entorno.

Los Boehrinbayer se veían más rústicos, la madera estaba presente en el suelo, otorgándole una calidez especial. También tenía algunos techos formando vigas decorativas de lo más elaboradas. Si aspirabas con fuerza, lograbas captar aquel peculiar aroma a pino. El mobiliario iba en sintonía con la tradición alemana, con elementos tallados en madera natural. Tenía muchas ganas de ver los laboratorios; según su web, contaban con tecnología punta europea, estaría bien echar un vistazo.

Salí al exterior y ajusté mi cazadora de cuero negra. Estábamos en octubre y el cielo se vislumbraba tan plomizo como mi humor, casi siempre estaba nublado en aquella ciudad, el sesenta por ciento del tiempo era de color gris, y el otro cuarenta se lo pasaba salpicado de nubes.

Los veranos se sentían suaves y los inviernos muy fríos. No era un clima al que estuviera habituado, y que el mar estuviera lejos también me volvía más taciturno. Por suerte, no esperaba permanecer demasiado tiempo allí. Alemania tenía una belleza verde y algo salvaje que estaba genial para venir de visita, pero no para quedarme a vivir. No me imaginaba residiendo en otro lugar distinto a Brisbane. Estaba enamorado de mi ciudad y me sentía muy orgulloso de ser australiano.

Me dirigí a la moto de segunda mano que había comprado para desplazarme. La gente solía ir en coche o en bici, yo prefería la Suzuki GSX-R1000R negra y roja que me vendió un estudiante universitario. El chico regresaba a casa tras culminar la carrera y el máster. Era de los Estados Unidos, así que llevarse la moto allí iba a salirle muy caro. Prefirió venderla, y yo, que necesitaba un vehículo, aproveché la oportunidad.

Se veía algún que otro rasguño muy leve, más de un roce de aparcamiento. ¿Quién puede presumir de no tener un maldito arañazo en su carrocería? Pues eso, mi moto también los lucía y eso me había servido para apretar con el precio. Uno poseía dinero, pero no era tonto.

Me puse el casco que llevaba colgado del antebrazo, me acomodé e hice rugir el motor, ajeno a la mirada oscura que se cernía sobre mi imagen gracias a las cámaras de vigilancia.

Sabía que estaban allí, las había visto en más de una ocasión mientras hacía rondas por los exteriores, enfundado en unos vaqueros desgastados, la cazadora de cuero negra y una gorra de béisbol encastrada hasta los ojos que me mantenía lo suficientemente oculto; era importante no llamar la atención.

Marc Talbot estaba dentro e iba a aprovecharlo.

Los laboratorios se encontraban ubicados en el distrito de Haard-Kolonie, mientras el piso que había alquilado quedaba en el norte, a unos veinte minutos, quizá quince si apuraba.

Me detuve en un bar cercano a casa, estaba en una plaza cubierta de adoquines donde no era difícil aparcar. Me había acostumbrado a tomar una cerveza en él; se trataba de un lugar íntimo, acogedor y el camarero era de los que no te ofrecía conversación a no ser que se la pidieras.

Me desprendí del casco accediendo al interior. Todavía me sobresaltaba al ver mi reflejo en el espejo que quedaba detrás de la barra. Era indiscutible que me daba un aire, pues seguía siendo yo, sin embargo, con aquella barba, que cada día se volvía más espesa, el tinte y las gafas, podría haber pasado por ese doble que dicen tenemos todos en alguna parte del mundo.

Saludé al camarero con un ligero cabeceo y le pedí una Krombacher, una de las cervezas más bebidas en el país germano. Saqué mi segundo móvil, uno desechable de tarjeta, con el que me comunicaba con Brau. Cualquier precaución era poca cuando no estabas seguro de a quién te enfrentabas.

Teclé el número mientras el líquido dorado caía en la jarra de cristal, coronándose con la espuma justa para degustarla.

Brau contestó al otro lado de la línea. En España era medianoche, no me importaba despertarle, de hecho, sabía que no iba a hacerlo porque Brau nunca se acostaba antes de las dos de la madrugada.

—¿Qué pasa, australiano?

—Estoy dentro —susurré, sabiendo que lo captaría al segundo.

—¿Tan rápido?

—Es una empresa en expansión que no desaprovecha el talento.

—Ya... Y tú de eso tienes mucho. ¿Has averiguado algo?

—Es demasiado pronto, hoy solo me han entrevistado y ofrecido un contrato de prueba. He establecido dos tomas de contacto con personal de la empresa, una de ellas creo que nos puede resultar de utilidad.

—Cuenta...

—En primer lugar, el jefe de Recursos Humanos; está casado, cree en la familia y le gusto. Aunque es un hombre algo parco, me parece que podemos estrechar lazos progresivamente.

—Seguro que si le gustas, no te costará hacerte con él —bromeó.

—No me refería a ese tipo de lazos.

—Oye, uno tiene que abrirse a las posibilidades, ser hetero hoy día es una pérdida de oportunidades. Además, los alemanes son tremendos, tan fríos por fuera y tan calientes por dentro, con esos gruñidos guturales cada vez que les comes la polla.

—No voy a comerle el rabo a Mr. Becker, además, le gusto a nivel laboral.

—Eso no lo sabes, llévatelo a tomar una birra después del trabajo, y si te mira mucho la salchicha, es uno de esos que no quiere salir del armario.

—¿Por qué te pones a decir esas cosas cuando estamos tratando de un tema serio?

—Porque el sexo nunca está de más. Si te contara lo que mi jefa Paula llegó a hacer en una ocasión, te caerías de espaldas.

—Mejor otro día —resoplé, bebiendo de la jarra.

—Lo ves, ningún hetero rechazaría conocer una relación truculenta que implica sexo. Necesitas desatascar tuberías, el semen se te está subiendo al cerebro y tus neuronas van a ahogarse por falta de corridas.

—Pero ¿tú te oyes? —Brau emitió unas risitas al otro lado de la línea—. ¡Que esto es muy serio, tío!

—¿Quién ha dicho que el humor está reñido con la seriedad? Siempre me ha parecido una reflexión de mamarrachos, como si ser divertido te restara credibilidad. Soberana gilipollez.

El camarero me tendió unos frutos secos.

—*Danke* —le agradecí.

—Mmm, vuelve a repetirlo que te grabo y luego lo pongo en bucle para hacerme una paja.

—No seas obsceno.

—Ni tú un capullo, anda, sigue contándome.

Resultaba difícil lograr que Brau hablara en serio, se trataba de un tipo que hacía del humor su bandera. Era desenfadado, entusiasta y, como él decía, que lo fuera no le restaba un ápice de profesionalidad.

Trabajaba para un periódico *online* que destapaba escándalos, era un fotógrafo intrépido que iba siempre en pos de una suculenta noticia, y en sus ratos libres buceaba en la *dark web*. Si nos hubiéramos conocido en mi juventud, seguro que habríamos salido de fiesta en más de una ocasión.

—Pues también he charlado con su secretaria, Agna.

—Uhhhh, Ana, conocí a una en mi etapa experimental que te hacía unas mamadas de alucine.

—Esta es Agna, con g.

—Pues mejor, será el distintivo de garganta profunda.

—Brau... —le hostigué.

—Vale, ya me callo, sigue.

—Agna no disimulaba su interés en mí. Le di un poco de cancha porque pensé que nos podría venir bien contar con alguien en recursos humanos. Aunque no me pasé porque para ganarme a Mr. Becker tuve que contar una verdad parcial y decirle que había venido a Darmstad por amor.

—Bueno, esa info no es muy grave, siempre puedes añadir que has roto porque no os llevabais bien, y estoy de acuerdo en que Agna puede resultarnos útil. Estaría bien que te la ganaras, no sé, quizá podáis desayunar juntos o llevarle algún café de tanto en tanto. ¿Cuándo empiezas?

—Mañana. Estaré una semana recibiendo formación interdepartamental, con lo que podré hacerme una idea más global de la empresa. Los laboratorios son muy grandes.

—Lo importante es no precipitarse y ser cauto. No hagas nada que pueda ponerte en riesgo; que no haya podido entrar en su base de datos es algo que me mosquea. Una seguridad así solo la pone gente que tiene mucho que ocultar. —Ahora sí que se había puesto serio.

—O mucho que perder. Si la información de los laboratorios se filtra, pueden irse a pique contratos millonarios, que no se te olvide.

—Lo que tú quieras, pero esa gente hablaba con tu ex, a mi olfato periodístico le da que ocultan algo turbio, así que cuídate.

—No tengo la intención de dejar a mis hijos huérfanos, si es lo que te preocupa.

—Me preocupas tú. Lo creas o no, me caes bien, más allá de que me pagues una suma indecente que servirá para costearme la boda. Por cierto, quiero que seas el padrino y para eso te necesito de una pieza.

—Está bien —me comprometí—. No sé cuándo podré introducir el *pendrive* que me diste.

—No te precipites, lo importante es que cuando lo hagas, estés seguro al noventa y nueve coma nueve por ciento de que no van a pillarte. En cuanto lo conectes, hazme una perdida, el tiempo es primordial; transcurrida la llamada, calcula cinco minutos y extráelo.

—¿Y si no te da tiempo?

—Repetiremos hasta que logre franquear su seguridad. No quiero riesgos innecesarios. Una vez pasado el tiempo, desconecta y guárdalo en un sitio seguro donde nadie sospeche.

—No pienso metérmelo por el culo.

—Si yo fuera el guardia de seguridad, ese sería el primer sitio en el que miraría, así que te sugiero que seas más creativo.

—Lo tendré en cuenta.

—Sé que ya te lo he dicho, pero sé paciente, has esperado seis años para averiguar si la madre de tus hijos sigue viva o no, es mejor dejar pasar unos días y estar seguro de que el momento es el adecuado a correr y que te descubran. Gánate su confianza, estudia los horarios de tus compañeros, los lugares, las cámaras, los puntos ciegos, cualquier despiste puede lanzarlo todo por los aires.

—No sé si estoy buscando a mi Winni o acaban de darme el papel protagonista en la última de James Bond.

—007 tenía formación y tú eres un aficionado, cualquier precaución es poca. Aquí no podemos rodar una segunda toma si te pillan. ¿Estamos?

—Estamos. Pago la cerveza y me voy al piso, necesito echarme un rato, anoche apenas dormí preparándome la entrevista.

—Mantenme informado y cuídate.

—Descuida, lo haré. Por cierto, gracias por todo, tío. Dale un abrazo a tu chico de mi parte.

—De tus partes no le doy nada, si acaso, de las mías. —Terminé riendo ante su broma.

—*Bye.*

—*Bye.*

Pagué la consumición y me dirigí al apartamento. Mi bloque era un edificio estilo Jugendstil, o lo que vendría a ser lo mismo, fruto del modernismo alemán. Tenía bastantes pisos y una escalera trasera de incendios, motivos por los que me pareció un buen lugar. Uno nunca sabe si va a necesitar una salida de emergencia.

Los vecinos eran casi todos estudiantes, debido a la proximidad de la universidad y a que eran pisos no muy espaciosos, que iban de los cuarenta a, como mucho, los sesenta metros cuadrados.

Cuando fui a abrir la puerta del apartamento, la vecina de enfrente abrió la suya. Iba descalza, en camiseta de manga corta y bragas. Un poco ligera para la temperatura ambiente, aunque teniendo en cuenta que era noruega, para ella debía ser verano.

—Hola, Marc —me saludó con un botellín de cerveza en la mano.

—Gyda —cabeceé, insertando la llave en la cerradura.

La conocí el primer día que me mudé al edificio y ella salía para ir a clase, quería ser ingeniera espacial, no obstante, podría haber sido modelo de alta costura dado su metro ochenta, el pelo platino y unas piernas extralargas de vikinga.

—¿Te apetece una? —agitó el botellín

—Vengo de tomármela en el bar, te lo agradezco, voy a echarme un rato y descansar. —Ella hizo un mohín. Gyda compartía piso con una estudiante italiana de medicina.

—Oh, venga, solo una, tienes que contarme cómo te fue la entrevista y es muy pronto para irte a dormir. —Alzó la ceja sugerente, apoyándose contra el marco de la puerta. ¿Cuánto tiempo hacía que el sexo había pasado de diario a extinto? «Demasiado», me respondí a mí mismo, observando aquellos pezones puntiagudos que empujaban el tejido. ¿Por qué debía guardarle fidelidad a alguien que me había hecho pasar por imbécil?

—¿Y Antonella? —cuestioné, repasándola sin pudor.

—En la uni. —Gyda había cumplido los veinticuatro, por lo que ya no era una cría—. Anda, pasa y lo celebramos como te apetezca, te prometo que solo será una. —Volvió a remover el botellín relamiéndose los labios. Puede que la cerveza no fuera justo lo que se me antojaba.

—Una y solo porque he conseguido el puesto, además, me apetece celebrarlo con alguien —acepté. Ella se puso a dar saltitos y un poco de cerveza se derramó por la camiseta.

—¡Eso es fantástico! —aulló.

Yo había desistido en la intentona de regresar a casa. Gyda vino hasta mí para darme un abrazo y restregarse contra mi cuerpo.

—Esto hay que celebrarlo —susurró pegada a mi oído, con los pezones empujando mi torso. Estaba demasiado enganchada, demasiado desnuda y yo llevaba demasiado sin follar.

—Celebrémoslo —acepté, bajando la cara, agarrándola del culo y tomando su boca dispuesta.

Las largas piernas se enredaron en mi cintura para darme la enhorabuena y que entrara en su piso a tientas.

Dos horas más tarde, logré tumbarme en el sofá. Habían caído dos polvos aceptables. El primero, demasiado rápido y contra la pared; el segundo, en la cama, donde pude recrearme y culminar con una ducha caliente. Le dejé bien claro a Gyda que lo que había pasado no significaba otra cosa que no fuera sexo ocasional. Ella sonrió ladina y respondió que no buscaba un anillo de mi parte.

Con los puntos sobre las íes, regresé a la sordidez que me envolvía.

Ojeé el piso desde el sofá, cuyos muebles en kit hablaban por sí solos. Me quedé con él porque estaba amueblado, tenía electrodomésticos y era práctico. Además, estaba bien comunicado e incluía una mujer de la limpieza un par de horas a la semana dentro del precio.

En los bajos del edificio había cuatro lavadoras-secadoras donde hacer la colada, y los vecinos teníamos turnos asignados para no colapsar el espacio. Todo estaba muy bien pensado para garantizar la comodidad de los estudiantes. También había una tienda de víveres cercana que te sacaba de más de un apuro, el edificio contaba con wifi y estaba al lado de una parada de bus, que era de lo más práctico si no me apetecía coger la moto.

Fui hasta la nevera, tenía una *pizza* congelada para cenar y algunas cervezas. Suficiente para hoy. La saqué del envoltorio y la puse directamente en el horno. Haría la compra *online* en un rato para asegurarme los desayunos y las cenas. Que tuviera incluidas las dietas en los laboratorios era un punto a favor, no estaba como para perder el tiempo ejerciendo de cocinero.

Me abrí una lata y regresé al sofá. Miré la pantalla del móvil personal, tenía puesto de fondo una de las fotos favoritas de mi hija, fue tomada en la clínica por Noah, el mismo día en que Chloe y Oliver llegaban al mundo. Una Winni sonriente los sostenía entre los brazos mientras yo pasaba el mío aferrándome a sus hombros, había sido incapaz de cambiarla o de borrarla, aunque saliera ella. Aquel instante fue demasiado feliz como para renegar de él.

Aspiré hondo pensando en qué habría sentido Winni. ¿Llegó a disfrutar al ver la cara de sus hijos? ¿O fuimos simples piezas de su puzle y nunca llegó a querernos? Me costaba tanto hacerme a la idea de que no hubiera albergado un solo sentimiento por nosotros.

El dedo me ardió cuando lo pasé por su cara, tuve ganas de borrar la imagen de nuevo, de erradicarla de mi vida como si no hubiera existido. Lo habría hecho de buena gana si no fuera un puto *yonki* emocional, un consumidor extremo de sentimientos que hacían que me plantara a manos llenas frente a una dicotomía que me consumía. Por un lado, estaba deseoso de la euforia que un hombre siente al amar, y por el otro, ahogado por la necesidad de odiar, alzado como un funambulista entre los dos extremos, contemplando bajo él el abismo que supondría la incapacidad de volver a sentir si cayera.

Winni me había convertido en un esquizofrénico sentimental y ella era la voz que dominaba mi cabeza.

Intenté elaborar miles de hipótesis, de justificar lo injustificable, pues asumir que mi corazón seguía sangrando por alguien que me había destruido era de locos.

¿Cómo podía seguir haciendo equilibrios sobre la cuerda que separaba el amor del odio y sentir miedo por caer al vacío?

Winni me ofreció a alguien que jamás existió, me hizo acostarme con una fantasía creada con el único objetivo de sustraer información. Fue capaz de enamorarme, de parir a mis hijos, de llenarse la boca de te quieros carentes de sentido y desaparecer fingiendo su propia muerte y ahogando a nuestra hija para que yo tuviera que escoger a quién salvaba de ellas.

Pero ¿qué clase de animal haría eso? ¿Y en qué lugar me ponía a mí?

Quise lanzar el móvil contra el suelo, notar el cristal fragmentarse para cubrirla a ella de negro. No lo hice, me limité a apretarlo y fijarme en la hora. Era demasiado tarde como para llamar a Brisbane, allí sería de madrugada. Tenía que comunicarme con mi hermano y mandar un mensaje a mis hijos para que supieran que estaba bien.

En lugar de llamar, les envié dos notas de voz; uno para Noah diciéndole que seguía vivo y que no se preocupara, y un segundo para que se lo pusiera a Chloe y Oliver. Cómo escocía estar tan lejos de ellos y no poder abrazarlos. Mi único consuelo era que sabía que mi hermano los cuidaba como si fueran suyos, junto a él estaban a salvo.

Mis hijos merecían un padre que estuviera al cien por cien, y no un fantasma que arrastrara los pies por la tierra. Solo tenía una manera de conseguirlo; atar los cabos sueltos. Necesitaba comprobar con mis propios ojos que mis elucubraciones eran ciertas, dar con Winni y arrancarle la verdad como fuera. Solo así lograría dejarlo todo atrás y emprender una nueva vida en la que ella no estuviera porque lo merecía, no porque hubiera muerto injustamente.

El horno pitó y fui a por la *pizza*.

Capítulo 4

La guerra.

Herr Schwartz

 Paseé por el laboratorio viéndola trabajar. Katarina tenía una mente prodigiosa y una habilidad fuera de lo común para la ciencia. Por eso estaba allí, por eso era una pieza indispensable dentro de la empresa. Cuando la conocí, supe que se trataba de un diamante en bruto, uno que pulir, mimar y limar hasta que sacara a la superficie todas aquellas caras impolutas y brillantes llenas de matices.

Le di todos los medios para convertirse en lo que yo veía, una joya rara y tremendamente valiosa para mí.

Cuando estaba tan entregada, se aislaba en su mundo de fórmulas probables y dejaba de percibir aquello que ocurría a su alrededor. Llevaba diez minutos contemplándola, admirando la precisión quirúrgica con la que sujetaba la pipeta para verter la cantidad adecuada sin pasarse.

Me aclaré ligeramente la garganta, no era mi intención asustarla y que se le cayera el recipiente que sostenía.

—¿Interrumpo? —pregunté, percibiendo el ligero temblor de su mano derecha al precipitar un antígeno soluble con su anticuerpo correspondiente.

—Ya casi estoy —murmuró, dejando la muestra bajo el microscopio. Se quitó los guantes de nitrilo, dio la vuelta a la silla para enfrentarme y alzó el rostro cubierto por las gafas de protección. Era hermosa, parecía una escultura celestial, de proporciones simétricas y ojos de cielo—. ¿Quería algo? —La voz sonaba tan fría y cortante como el acero.

—Verte trabajar es como escuchar a la filarmónica de Berlín ejecutando la *Misa en Si menor* de Johann Sebastian Bach, con total precisión, una visión sublime.

—No le hacía muy de misas. —Esbocé una sonrisa que no me llegó a los ojos.

—Ya sabes que la religión y la ciencia puede parecer que no se llevan, sin embargo, ambas creen en lo absoluto; por tanto, solo hace falta comunicarse con lo divino para darse cuenta de que la fe no es cuestión de religiones, sino de creer en lo absoluto.

—Muy interesante. ¿Ha venido para verme trabajar, debatir sobre la fe o invitarme a un concierto de música clásica?

—Puede que las tres cosas o ninguna. ¿Cómo llevas el proyecto?

—Va avanzando. Lo que estaba haciendo ahora solo era una prueba para relajarme y dejar de pensar. A veces, necesito hacer cosas que domino a la perfección para sentirme capaz de realizar otras en las que todavía no confío.

—Sabes que no tienes que darme explicaciones acerca de cómo te relajas, me basta con que aciertes en tus teorías y me sorprendas con el resultado.

—Lo sé. —Me acerqué hasta ella y miré por el microscopio.

—Hmmm, interesante.

—Es solo un principio básico.

—Me gusta tu humildad. —Ella seguía mirándome imperturbable, no era tonta, sabía que algo me había llevado hasta su guarida y quería saber qué era—. Ha ocurrido algo.

—¿Mi hermana está bien? —El pavor bañó sus pupilas.

—No se trata de Alina. —Tomé un matraz de encima de la mesa, lo elevé y miré su silueta al trasluz. Después se lo tendí—. ¿Qué ves? —Ella ni siquiera observó el recipiente.

—¿Se trata de algún juego de los suyos?

—Contesta —repliqué serio.

—Un matraz vacío.

—¿Y qué hay en su interior?

—¿Nada? —cuestionó dubitativa.

—Exacto, nada, porque te encargaste de limpiar cualquier rastro de su interior para que no pudiera alterarse tu siguiente experimento. Ambos sabemos que un simple resto puede fastidiar un buen resultado, ¿cierto? —Ella asintió y yo pasé la palma de la mano por su rostro. Su piel era blanca, suave y se contraía bajo mi caricia. Detuve las yemas de los dedos a la altura del mentón y apreté. Noté el placer de la carne hundiéndose bajo mis dedos.

—Y si lo sabes..., ¿por qué intuyo que no limpiaste bien el matraz más importante de tu vida?

—No… No le comprendo —titubeó.

—Ah, ¿no? —Quería negar con la barbilla, pero mi agarre frenaba el movimiento.

—¿Recuerdas la misión más importante de tu vida? ¿Tu último trabajo? —Los ojos se abrieron de par en par—. Veo que no lo has olvidado.

—No podría.

—Voy a enseñarte algo. —Dejé ir su cara y le mostré una captura que hice con el teléfono. —¿Te suena? —Ella negó, me acerqué a su oído y murmuré dos palabras que devolverían la luz a su oscuridad. Lo que vi en sus ojos me congratuló.

—¡Es imposible! —aulló.

—¿Lo es?

—¡Por supuesto!

—Pues explícamelo. Fíjate bien en la imagen. —Volví a aproximarle la pantalla. Veía como escudriñaba cada puto píxel.

—Debe ser una extraña coincidencia. —Me guardé el terminal en el bolsillo trasero, alcé la palma de la mano y crucé su cara angelical con contundencia.

—Eso no existe, vuelve a intentarlo —informé, atrapándola entre mis brazos como haría una araña con su presa—. Habla, haz que comprenda cómo es posible lo que acabo de mostrarte, sabes que no me gustan los imprevistos.

Pasé el pulgar sobre una perla roja que asomó en su labio partido y froté la gota espesa entre las yemas.

—Le prometo que no puede ser, es imposible que... —Esta vez la golpeé del revés y las gafas de protección salieron despedidas por los aires.

—¿Por qué me obligas a golpearte? Sabes cuánto odio que provoques ira en mí. —Hizo amago de tragar, aunque la imagen que le había expuesto le había resecado la garganta.

—No era mi intención —se disculpó cabizbaja.

—Recoge, llevas demasiadas horas en este agujero sin ventilación, puede que cenando algo en casa recuerdes esa parte que olvidaste contarme y que ahora nos coloca en una situación un tanto comprometida. No tardes, te espero fuera.

Katarina

Respiré profundo, la imagen que me había enseñado centelleaba en mi retina. Sabía lo que suponía: problemas.

Solo tenía una explicación para ello, había dado con la copia de seguridad de los archivos y de algún modo eso lo había llevado hasta aquí.

¡Mierda! Contuve las náuseas y los temblores. Volví a sentir el mismo terror que cuando tenía diez años y todo se desató. ¿Por qué el pasado siempre regresaba?

Kosovo, 1998

Las bombas caían y yo corría con desesperación. El rugido de los bombarderos me helaba los huesos; el aroma a carne quemada me hacía arrugar la nariz y tener ganas de expulsar el alimento de mi estómago vacío.

Hermano de fuego

Las balas silbaban amenazadoras como truenos en la tormenta, me obligaban a apretar el ritmo con los ojos empañados en lágrimas, un lujo que apenas podía permitirme.

Estaba agotada, exhausta, cargando una mochila tan valiosa como pesada a mis espaldas. Paré en seco, solo un instante para infundirme fuerzas. No era tiempo para que me temblaran las piernas o hacer caso a la quemazón de los brazos que me exigía que la soltara. No podía, era todo lo que me quedaba, y si fuera necesario, moriría con ella antes que dejarla tirada.

Hacía apenas unos meses que las risas inundaban la cocina de casa. Mi padre se abrazaba a la cintura de *mami*[2] haciéndole carantoñas para captar el perfume de su pelo rubio, aromatizado con los *uštipci*[3] que se enfriaban sobre la encimera de granito moteado, un dulce típico de Bosnia, que era el país de origen de mi madre. Siempre que pensaba en ella, la recordaba con aquel corte que enmarcaba a la perfección su rostro casi perfecto, uno mucho más hermoso que el mío y que parecía sacado de un anuncio de perfume o maquillaje.

Babai[4] siempre bromeaba diciendo que podría haber sido una actriz de Hollywood, o tal vez una cantante famosa, pues su voz era sumamente dulce. Él nunca comprendió cómo mi madre pudo fijarse en él. Yo sí, pues la belleza de mi padre radicaba en su enorme corazón y su profunda inteligencia. Adoraba a su familia y nosotros a él, se encargaba de demostrarnos a diario lo afortunado que se sentía al tenernos en ella, y eso era mucho más importante que una cara bonita, o por lo menos yo siempre lo entendí así.

Solía mirarlos embelesada, riendo, bailando con una música que salía de sus bocas, eran hipnóticos. Podía pasar largos minutos camuflada tras el marco de la puerta, saboreando aquellos besos vergonzosos que me sonrojaban por dentro.

---

[2] *Mami*: mamá, en albanés.
[3] *Uštipci*: masa frita bosnia que se puede servir dulce o salada, típica de los Balcanes Occidentales.
[4] *Babai*: papá, en albanés.

Mami siempre fue muy pudorosa para las muestras de afecto explícitas delante de mí, quizá por su educación conservadora o porque consideraba que todavía era pequeña para ver cómo prendían sus miradas a la par que se les separaban los labios.

¿Qué se sentiría al ser besada así?

Un disparo demasiado cercano me hizo salir de la ensoñación y exhalar con fuerza. Los francotiradores estaban apostados en edificios, o escondidos tras las trincheras que ya formaban parte de una ciudad que se consumía en sí misma.

Tropecé con el brazo de un niño, solo el brazo, pues estaba arrancado de cuajo. Lo sabía por el tamaño, era demasiado pequeño para ser de un adulto, podría haber sido el mío. Seguro que el resto del cuerpo había estallado como un garbanzo que dejas demasiado tiempo en el microondas.

A *mami* le había pasado en más de una ocasión, las dos habíamos reído y, ahora..., ya no tenía ni siquiera eso.

Apreté el paso pegándome a los muros de un edificio, tratando de pasar inadvertida, para los francotiradores solo éramos blancos perfectos de colores indeterminados. No importaba quiénes éramos, cómo nos llamábamos o la edad que teníamos. Nadie se paraba a preguntarte, ¿eres musulmán?, ¿o tal vez cristiano ortodoxo? Daba lo mismo, porque los políticos habían decidido que teníamos que odiarnos, o eso es lo que dijo mi *babai* cuando le pregunté.

Todos comenzaron a distanciarse, los ánimos se crisparon, los vecinos ya no sonreían en el rellano. Consiguieron instalar el odio entre nosotros, familiares, vecinos y amigos llenos de abrazos rotos, y así abrieron una brecha que nos hizo estallar en mil pedazos. ¡Nos matábamos entre nosotros!

En la ciudad solo se respiraba tragedia y podredumbre, miedo y desconsuelo, sentimientos que te miraban con fijeza desde cada esquina, haciéndome sentir más pequeña de lo que era.

Noté el temblor a mis espaldas y la aferré con fuerza.

Hermano de fuego

—Shhh, *herma*[5]*,* tranquila.

—Tengo miedo, Katarina.

—Pero yo estoy contigo, Alina, no va a pasarte nada, ¿o no has visto que hasta ahora he cuidado de ti? —Mi hermana pequeña sorbió por la nariz.

—Quiero volver a casa...

—Ya te lo he explicado, ya no hay casa a la que volver. —Su sollozo se hizo más desesperanzado.

—Tengo hambre, frío, sueño y echo de menos a *babai,* a *mami* y a Ervin. —Ervin era su osito de peluche.

—Te regalaré un Ervin mucho más bonito en cuanto pueda, te lo prometo —murmuré sin frenar el paso.

—Pero ¡yo quiero el mío! —protestó con la incomprensión de una niña de seis años.

—Eso es imposible, Alina, ya te lo he explicado.

—¡¿Por qué?! ¡No lo entiendo!

—Porque *babai* y *mami* se lo llevaron al cielo, y él está cuidándolos, por eso.

—Pero ¡Ervin era mío! ¡Él me cuidaba de las pesadillas! —Era demasiado pequeña para entenderlo, Alina siempre había sido propensa a los terrores nocturnos y nuestros padres se inventaron que Ervin era un oso con alma de hada, que cuidaba a las niñas mientras dormían, y solo eso la calmaba. Cuando el día que todo estalló llegué al edificio donde vivíamos, el lugar era un amasijo derruido de hierros, escombros, cristal y ladrillos rotos. Contesté a mi hermana que estaba aguardando su respuesta.

—Y *babai* y *mami* también lo eran, ahora nos cuidan desde allí arriba —apunté a un cielo carente de estrellas que solo se iluminaba por la pólvora quemada. Pude sentir su cabecita, rubia, elevarse hacia arriba.

—Yo no quería que se fueran. Están tan lejos que no los veo.

---

5 *Herma*: diminutivo de hermana.

—Yo tampoco quería, *herma* —suspiré resignada, con la necesidad de bajarla y poder tumbarme un rato para estirar los músculos contraídos—. Vamos a buscar un refugio para pasar la noche.

—Y comida.

—Y comida —murmuré sin demasiadas esperanzas. No tenía dinero, si habíamos subsistido esos días, fue removiendo desperdicios en los cubos de basura. Debía encontrar una salida para nosotras, escuché hablar a unos soldados de que existía un punto de acogida para huérfanos; cuando iba a preguntarles, dos tiros certeros les perforaron el cerebro. Aguanté el grito y salí corriendo cargando a Alina conmigo.

Cuando masacraron nuestra ciudad, hacía apenas una semana, estábamos en la escuela. Alina era cuatro años menor que yo, que tenía diez. Los bombarderos llegaron sin avisar y lanzaron varios proyectiles que impactaron contra distintos edificios, entre ellos, la escuela en la que estudiábamos, el hospital, el ayuntamiento o nuestra propia vivienda.

Recuerdo muchos gritos, cascotes impactando contra rostros infantiles. Polvo, niños heridos, ensangrentados, y un pitido agudo haciendo que los tímpanos me vibraran. En lo primero que pensé fue en Alina, yo era su responsable, su hermana mayor, y de mí dependía que llegara sana y salva a casa; tenía que dar con mi *herma*.

Desorientada, salí de clase en su búsqueda, apenas se veía nada, me daba lo mismo el horror que captaban mis retinas, solo pensaba en que si volvía a casa sin ella, mi madre me reñiría. Vivíamos a dos calles y *mami* me consideraba lo suficientemente responsable como para dejar que llevara conmigo a Alina hasta la escuela y volviéramos juntas, no podía fallarle.

El caos hacía temblar las paredes salpicadas en sangre, trastabillé agarrada a algunos bloques que se deshacían bajo mis palmas. Los gritos de auxilio se solapaban a los del miedo. Allí solo había niños y maestros, ¿por qué nos habían atacado? ¿Qué pretendían matándonos a nosotros?

Tenía tantas preguntas que era incapaz de responder. La sangre me bombeaba con fuerza, ni siquiera me di cuenta de que tenía una fea herida que me había abierto la carne del brazo y que dejaba un reguero rojo a cada paso.

Hermano de fuego

Hacía solo ocho segundos que estaba sentada en mi pupitre, recibiendo mi tercer diez de la semana. Era una alumna brillante, ejemplar, la delegada de curso; tan sumamente inteligente que me aburría en clase, pues mi rendimiento era muy superior a la media. Mi profesora había insistido en que debían hacerme pruebas para estimar mi cociente intelectual. *Babai* y *mami* estaban planteándoselo, ya que dependiendo del resultado, les supondría tener que cambiarme de centro escolar para ir a un colegio privado, especializado en niños con mentes brillantes, como decía mi profe, y nuestros medios eran más bien modestos.

Ahora no importaba mi expediente académico, eran tiempos de supervivencia y todo mi esfuerzo estaba puesto en que no nos alcanzara una bala, una bomba o un cascote desprendido.

Huérfanas, eso era lo que éramos, nuestra nueva realidad, la etiqueta que nos pondrían en cuanto llegáramos al refugio. Ya nadie podría devolvernos a nuestra familia, incluso me habían robado la posibilidad de enterrarlos o tener un lugar en el que llorar sus cuerpos. Tampoco sé con qué dinero lo hubiera hecho, mis tíos vivían en otra ciudad que también había sido presa de los bombardeos, ni siquiera sabía si seguían vivos.

Los pulmones me ardían por el esfuerzo, doblé la esquina y golpeé contra algo que me llevó, de rebote, al suelo. Alcé la barbilla con terror, pues sabía que había chocado contra un cuerpo sudoroso, pude olerlo, y el soldado también captó nuestro miedo, igual que un perro de presa.

—Por favor, no nos mate, somos huérfanas —supliqué con un sollozo apenas audible. Sus ojos me parecieron los más feroces que había visto nunca, se estrecharon en una fina línea con la ametralladora apuntando entre los míos.

Podría haberlos cerrado, quizá si lo hubiera hecho, él se hubiera disuelto del mismo modo que una acuarela bajo la lluvia. Ni yo los cerré, ni él se disolvió. A esas alturas, podía distinguir perfectamente al enemigo. Intenté tragar sin éxito, la saliva no corría por mi garganta, el agua era un bien escaso.

La punta del arma recorrió mi tórax de arriba abajo. Entonces sí que apreté los ojos. Había visto lo que los soldados hacían a las niñas bonitas como yo, mi cuerpo se puso a temblar como una hoja.

—Por favor —gemí, pensando que Alina estaba a mi espalda. Su sonrisa ladeada no dejaba lugar a dudas de sus intenciones. Dio un paso hacia nosotras y, antes de alcanzarnos, un tiro le perforó el cuello.

Grité horrorizada mientras alguien me tomaba con fuerza.

—*Qetësojeni të voglin, do ju ndihmoj.* —El «tranquila pequeña, voy a ayudarte», susurrado cerca de la oreja en mi mismo idioma, me estremeció. Fue entonces cuando oí llorar a mi hermana y me vi envuelta bajo el brazo protector de otro soldado, quien nos llevó hacia lo desconocido. Una nueva vida que jamás hubiéramos imaginado.

Apreté el frágil cuerpo de mi hermana contra el mío, el soldado que nos había rescatado nos subió a un camión para cruzar la frontera con Albania junto con más niños fruto del conflicto. Tenían un acuerdo con aquel país para albergar a los refugiados de guerra.

Al principio de todo, cuando el soldado nos libró de una violación asegurada, nos llevó a Alina y a mí a unas dependencias militares en las que nos dieron de comer; no fue mucho, lo suficiente como para que dejaran de retorcerse nuestras tripas y pudiéramos calmar la hambruna de los últimos días. Nos entregaron una manta para cubrirnos y fuimos sometidas a un reconocimiento médico rápido. Al ver la herida de mi antebrazo, no tuve más remedio que ser cosida. Los niños enfermos no les interesaban, querían asegurarse de que, si todo iba bien, llegaríamos con vida.

Una vez atendidas, fuimos conducidas a un despacho austero. Las paredes tenían varios desconchones y la humedad reptaba deformando la pintura para formar rostros siniestros. Frente a nosotras había una mesa de hierro desvencijada, tres sillas y una lámpara de sobremesa que dotaba a la estancia de una iluminación bastante tenue. La guerra no perdonaba ni a las instalaciones militares, donde brillaba la escasez de medios para el mobiliario.

Nos hicieron sentarnos y el oficial al mando entró para ocupar la silla vacía. Tenía una mirada fría, la guerra no solo arrancaba vidas, también las almas de los que lograban seguir en pie.

El hombre, de porte adusto, nos hizo varias preguntas sobre nuestros padres, procedencia y familiares vivos. Supuse que para evaluar si nos devolvían a alguna parte o nos llevaban junto a los otros huérfanos.

Le aclaré al soldado que nuestros padres habían fallecido y que desconocía si mis tíos seguían con vida. Pude proporcionarle sus nombres y la ciudad en la que habitaban, no tenía más datos, ni siquiera sabía su número de teléfono o dirección; estos habían quedado enterrados bajo los cascotes, en la agenda morada que mi madre guardaba en la mesilla del teléfono.

El militar que estaba interrogándonos apuntó todos los datos en una libreta de hojas amarillentas; cuando terminó, no nos dio otra explicación, nada más que siguiéramos al soldado al que llamó a voces.

Teníamos tanto miedo, nos sentíamos tan perdidas, que ni siquiera se me ocurrió preguntar qué pasaría con nosotras. Lo único que me preocupaba era mantener a salvo a Alina, y estar bajo la custodia del ejército, me pareció la mejor opción, por lo menos una que nos permitía seguir respirando.

El soldado nos llevó junto a los demás niños, todos tenían la misma cara de desolación e incertidumbre. Buscamos un hueco junto a los cuerpos amontonados en el suelo. Creí encontrar uno, pero cuando íbamos a colocarnos, el niño que estaba al lado nos hizo una señal de que si lo ocupábamos, nos cortaba el cuello. No quería problemas, si algo había aprendido era que lo mejor era pasar desapercibida. Miré a un lado y a otro, aquel lugar estaba atestado, el aire estaba viciado y la higiene brillaba por su ausencia.

Una niña de aproximadamente mi edad nos hizo una señal, no había tanto espacio como al lado del chico, pero tendría que bastarnos.

—Soy Greta —nos saludó.

—Yo, Katarina, y esta es mi hermana Alina. —Ella nos sonrió.

—Algunos chicos no son muy amables —murmuró, cabeceando hacia el niño de antes.

—Ya...

—Tranquila, no estaremos aquí mucho tiempo.

—¿No? —Ella negó.

—Cada tres días salen un par de camiones hacia Tuzla, en Bosnia, estáis de suerte, mañana partiremos hacia allí. Sois huérfanas, ¿verdad? —Asentí—. Los niños que dicen tener familia se los llevan a otro pabellón, por eso lo sé.

—¿Qué hay en Tuzla?

—Un orfanato, allí dan cobijo a los que son como nosotras. Si estás de suerte, encontrarán una buena familia que quiera acogerte. Eso es lo que he escuchado. Ahora será mejor que durmamos, es tarde y el viaje será largo e incómodo.

—¿Cuántos años tienes?

—Once, ¿y vosotras?

—Kata tiene diez, aunque a finales de año cumple los once, yo, seis —aclaró Alina bostezando. Greta le sonrió.

—Muy bien, mañana tendremos tiempo de conocernos más durante el viaje, ahora durmamos. —Greta se dio la vuelta y se acurrucó en el suelo. Mi hermana, que estaba entre ambas, la imitó pegándose a mi cuerpo. Quería acercarla para resguardarla lo mejor posible del frío. El lugar era incómodo, aunque mucho mejor que estar en un edificio en ruinas sin saber si la próxima bomba te caería encima.

Las dos necesitábamos descansar y alejarnos cuanto antes de la que había sido nuestra ciudad, ir a un lugar en el que no temer que pudieran violarte en cualquier esquina o acabar con tu vida por un simple disparo. Cerré los ojos y pensé en mis padres, me permití el lujo de llorar en silencio y pedirles que nos protegieran, y antes de caer rendida por el agotamiento, creí ver sus caras sonriéndonos.

Al día siguiente, nos despertaron con gritos y palmadas. Repartieron un trozo de pan para cada uno, nos pidieron que nos pusiéramos en pie y, sin darnos más explicaciones, nos distribuyeron en los dos camiones que había nombrado Greta. Por suerte, nos tocó juntas. Tenía miedo de que en el orfanato me separaran de Alina, ella lo era todo para mí y, según Greta, nadie te aseguraba que fuéramos a parar a la misma familia.

No teníamos abuelos, o, por lo menos, no unos que supieran de nuestra existencia. Los de mi padre fallecieron antes de que yo naciera, y los de mi madre renegaron de ella cuando se enamoró de *babai*, no querían para su hija un albanés muerto de hambre, le dieron a escoger entre nuestro padre y ellos.

Mami optó por seguir a su corazón, por lo que renunció a su familia materna, quienes habían elegido un marido apropiado al estatus de su única hija, y que no tenía nada que ver con el de nuestro padre.

Dudé si darles a los soldados los nombres de mis abuelos maternos durante el interrogatorio, no lo hice, porque lo único que sabía de ellos es que eran bosnios y su nombre, nada más. En casa no se hablaba de ellos y estaba convencida de que, aunque hubiéramos llamado a su puerta, no habrían querido saber nada de nosotras.

Pasamos las primeras cuatro horas contándonos cosas, así el tiempo parecía pasar más rápido, aun así, el cuerpo me temblaba y el poco calor que emanaba del de mi hermana, o el de Greta, quien estaba sentada a mi lado, no era suficiente para calentarme. Volutas de aire condensado desfiguraban los rostros de los niños que teníamos enfrente, estaban cubiertos por mantas tan mugrientas como las nuestras y con las caras llenas de suciedad.

Los cobertores eran tan finos que no podían eliminar el helor de nuestros cuerpos, que no era debido al clima, sino a las imágenes del horror y la guerra que habíamos sufrido todos. Por delante teníamos un viaje de nueve horas y media hacia lo desconocido. Crucé los dedos esperando que fuera mucho mejor que lo que dejaba atrás en Kosovo y que nos permitiera tener un futuro junto a una familia que nos quisiera.

El llanto inconsolable de una niña de unos trece años tronaba en mis oídos, y eso que no estaba a mi lado. La chica en cuestión estaba en el otro extremo del camión cubierto por una lona.

—*Hesht, kurvë!*

El «¡Calla, puta!», escupido por el chaval malhumorado que amenazó con matarme la noche anterior, me hizo estremecer. Miré a la chica con preocupación, aquel muchacho tenía ira acumulada en cada poro de su piel negruzca.

—Esperemos que se calme, o se meterá en problemas con Nikolai —susurró Greta bajito. Según me había contado durante la primera parte del trayecto, hicieron falta solo tres días en las instalaciones militares para que aquel muchacho se creara la fama de conflictivo.

Todos sabían su nombre, el del niño a quien nadie debía contrariar, pues si lo hacían, corrían el riesgo de terminar con un ojo morado o algo mucho peor. Greta me contó que le arrancó de un mordisco la oreja a un chico por no entregarle su trozo de pan y lo amenazó con asfixiarlo mientras dormía si contaba algo a los militares.

—¿Por qué llora así? —le pregunté a Greta mirando a la chica. Me resultó extraño que una de las más mayores del grupo estuviera más afligida que las pequeñas. Greta era un pelín chismosa y se enteraba de todo lo que ocurría.

—La violaron entre tres soldados, la trajeron hace siete días, no pudo irse con el anterior camión de lo mal que estaba, temieron por su vida, tenía multitud de heridas y desgarros. Puede que hubiera sido mejor que muriera… Hoy se ha enterado de que está embarazada y lo único que sabe del padre es que fue uno de los violadores. Es cristiana ortodoxa, ya sabes...

Sentí mucha lástima por ella, desde hace nada ni siquiera sabía lo que era una violación, hasta que la vi con mis propios ojos. La guerra te hace crecer de golpe y te roba la inocencia que no imaginabas que tenías. Me afligí mucho al recrear el calvario por el que debería estar pasando. Los cristianos ortodoxos creían que la vida no era accidental, sino un don precioso de Dios, por lo que el aborto quedaba descartado. Lo sabía porque mi madre nos crio bajo ese dogma, aun así, yo no estaba segura de si me sentía cristiana ortodoxa o creía en algo. ¿Qué Dios permitiría las aberraciones que estábamos sufriendo? ¿Acaso era un sádico? Me hacía demasiadas preguntas que contrariaban nuestra creencia.

Hermano de fuego

La muchacha seguía llorando pese a la advertencia de Nikolai, quien al verse ignorado se puso en pie para propinarle un bofetón que le giró la cara, y acto seguido le escupió en ella. No podía creerme la impasibilidad del resto, que hacían como si no estuviera ocurriendo nada. Hice amago de levantarme, Greta me agarró del brazo para detenerme.

—¡¿Estás loca?! No es buena idea contrariarlo, piensa en Alina. — Miré a mi hermana, que contemplaba la escena como el resto de nosotros, sin mover un solo dedo, impávida y temerosa. ¿Era eso lo que quería transmitirle? ¿Que frente a las injusticias uno tenía que quedarse quieto y no actuar por miedo? Me solté del agarre de Greta. Una cosa era no querer meterme en problemas y otra muy distinta no defender a quien necesitaba ser protegido.

—Es en ella en quien pienso y en los valores que nos inculcaron nuestros padres —aclaré—. Vigílala. —Me levanté con el camión traqueteando bajo mis pies. No es que no tuviera miedo, me aterraba ese niño de rostro malvado, no obstante, no veía justo dejar a aquella chica desamparada.

—¿Estás bien? —le pregunté, mirando su cara surcada en lágrimas. Ella se había limpiado el esputo con la manga rota de la camisa. Hipó incapaz de frenar el torrente de lágrimas que caían desde los ojos rojos.

—¡¿Qué pasa?! ¿Tú también quieres? —me increpó Nikolai con violencia, alzando la mano. Lo obvié y volví a dirigirme a ella.

—Si quieres, allí tienes un sitio, estarás más cómoda. —Le mostré el lugar vacío que había quedado desocupado cuando me levanté—. Yo me sentaré aquí, ¿te parece? —Cuanto más lejos estuviera de aquel loco, mejor para todos.

—Eh, puta, te he hablado a ti. Si hablo, me contestas, ¿entiendes? ¿Buscas que te preñen como a ella? —Los dedos del chico se aferraron a mi brazo con fuerza, justo encima de la herida recién cosida. Lancé un lamento que lo hizo apretar con mayor dureza, gracias a ello se me saltó un punto y la sangre traspasó mi camiseta goteando bajo sus yemas. Hice por soltarme, pero él, que ya se había dado cuenta del dolor que me infligía, volvió a presionar con virulencia y una sonrisa despiadada en los labios.

El camión frenó en seco, motivo por el cual la prisión de dedos se abrió y yo pude librarme momentáneamente.

—Vuelve a tu sitio, estaré bien, no voy a llorar más, te lo prometo. No lo provoques, es mejor —masculló la chica, sorbiendo por la nariz. No estaba muy segura de que cumpliera su palabra, pero tampoco era idiota, no quería jugármela más de lo necesario.

Asentí con el brazo malherido y regresé a mi lugar. Nikolai me miró con odio y después lamió la sangre que había quedado acumulada en sus dedos con un gesto obsceno. Lo mejor era mantenerse fuera del punto de mira de ese sádico.

—Te dije que no fueras —gruñó Greta.

—Alguien tenía que hacer algo.

—De esos «álguienes» están llenas las fosas comunes, así murió mi padre, que era militar.

—¿Qué le pasó? —pregunté, intentando obviar el dolor de la herida abierta.

—Defendió a una mujer en la calle y acabó con la vida de los que la asediaban. Lo siguieron hasta casa, y cuando cruzó el umbral, entraron en tromba; a mi madre solo le dio tiempo de esconderme bajo el mantel de la mesa del comedor. No dejé de mirarla a los ojos mientras la vejaban y torturaban hasta que murió frente a mi padre, después le metieron un tiro entre ceja y ceja. ¿Crees que salí a defenderlos? ¿Qué hubiera sido más valiente por mi parte?, ¿dejarme ver y morir con ellos? A veces me lo pregunto. —El corazón se me encogió en el pecho. Le tomé la mano y se la apreté.

—No, no lo creo, hiciste lo que pudiste, seguro que tu madre se sintió orgullosa de que estuvieras con ella, que sintió consuelo en tu mirada y dio gracias porque la obedecieras hasta su último aliento. Su muerte no fue en vano porque logró protegerte, debes quedarte con eso. —Greta estaba aguantándose las ganas de llorar, tenía los ojos muy brillantes—. Lo siento mucho por tus padres y por lo que tuviste que vivir —intenté consolarla.

Hermano de fuego

—Yo también lo lamento, sin embargo, eso no va a devolvérmelos —musitó, girando la cabeza hacia el lado contrario para que no la viera llorando. No solté su mano, pero tampoco quise romper aquel momento de intimidad.

—*Herma*, te sale sangre. —Alina miraba la manga de la camiseta que se volvía roja por momentos.

—No pasa nada, ahora me echaré un poco de agua cuando nos dejen bajar. —Besé su rubia cabecita y esperamos a que los soldados nos dieran permiso para descender.

Paramos una única vez para llenar el depósito, volvieron a darnos otro mendrugo de pan seco y nos dejaron vaciar las vejigas. Le pedí una venda del botiquín a uno de los oficiales y Greta me ayudó a curar la herida.

La siguiente vez que nos detuvimos fue en Tuzla, el municipio de Bosnia-Herzegovina destinado a ser nuestro nuevo hogar, si es que se le podía llamar así a aquel sitio.

Capítulo 5

Cilicios.

Katarina, en la actualidad

Me desperté empapada en sudor, siempre lo hacía cuando tenía que someterme a una de las charlas con el hombre que nos adoptó a Alina y a mí. Decir que Herr Schwartz se comportó como un padre con nosotras quedaba bastante lejos de la realidad, aunque si algo me había quedado claro era que había padres y padres.

Faltaría a la verdad si dijera que carecimos de cosas materiales, que no tuvimos una buena educación o que pasamos necesidad. Él fue nuestra mejor elección, mucho más inteligente que abandonar el orfanato e intentar sobrevivir por nosotras mismas. De haber escogido aquella opción, la realidad hubiera sido mucho peor, sobre todo, para mi hermana.

Estiré el brazo para encender la luz de la lamparilla y coger el vaso de agua que descansaba solitario sobre la mesita de noche. La fina cicatriz de mi antebrazo ahora era un pálido recuerdo de lo vivido. A algunos les daba por coleccionar imanes, figuritas de algún tipo, yo era más de cicatrices.

Al moverme, mis muslos dolieron. Miré las ligas de oro que mordían mi piel. Los pinchos estaban incrustados en ambas piernas, provocando heridas sangrantes en ellos.

Las sábanas prístinas ya no lo estaban, las manchas eran un claro ejemplo de lo que había supuesto mi error.

Flexioné las piernas y los admiré. Eran mi castigo por habernos puesto en peligro, una metedura de pata tan grande merecía un recordatorio como aquel.

Los cilicios eran un medio de mortificación corporal, en la Edad Media se usaban para combatir las tentaciones, en mi caso, servía para expiar mis pecados o mis errores.

Podría haber sido peor. Vacié sedienta el vaso, me senté en la cama mordiendo el carrillo por dentro y miré el despertador. Tres horas del tirón, no estaba mal, nunca había pasado una noche entera con ellos puestos, pensé que sería más insoportable.

Me quedaban ciento veinte minutos para poder quitarme las ligas, justo en el instante que sonara el despertador. Podía intentar volver a dormirme, obviar la sensación zumbante y cerrar los ojos, aunque, conociéndome, no iba a ser capaz de lograrlo, y menos con la comezón despertando en las piernas.

Decidí que lo mejor era levantarme. En cuanto puse los pies en el suelo, necesité apretar los dientes y respirar varias veces, Herr Schwartz las había apretado bastante fuerte. La bilis subió y bajó por mi esófago, recordándome las arcadas de la noche anterior. Aunque me lavé los dientes, el sabor del vómito seguía golpeándome en la nariz. Pequeñas gotas resecas decoraban mis piernas fruto de los movimientos nocturnos. Lo mejor sería que me metiera bajo la ducha. Necesitaba despejarme, sentir el alivio del agua y pensar.

Llevaba seis años sin verlo, seis años sin saber qué había sido de ellos. Sus rostros se habían desdibujado en mi mente, me había obligado a que fuera así, a no pensar, a no imaginarlos, a que los recuerdos no me inundaran ahogándome.

Acaricié las cadenas punzantes que habitualmente descansaban en el cajón de mi cómoda. Fueron un regalo a mi vuelta, uno de doble rasero.

Nadie salvo Herr Schwartz sabía que los utilizaba. Me los entregó envueltos en una cajita de terciopelo, ajena a la mirada de felicidad de mi hermana por mi regreso. Recuerdo que me estrechó entre sus brazos y susurró en mi oreja que «la mortificación era un ejercicio de voluntad y que estaba seguro que haría buen uso de ellos», y me recomendó que viera el regalo cuando estuviera sola en mi cuarto.

En aquel momento, no lo entendí, y cuando abrí la caja, ni siquiera sabía de qué se trataba. Les hice una foto y utilicé el buscador de imágenes de Google. Me horroricé y la solté de golpe al ver el uso que tenían.

Los repudié empujándolos al fondo de un cajón, yo no iba a hacer aquello. Me negaba a infligirme daño adrede, o eso creía.

Una noche, en la que me sentí devastada por las pesadillas, tuve el impulso de buscarlos y tomarlos en mis manos. Había soñado con Greta, con el internado y lo que viví mordiéndome los labios. Su cuerpo se estremecía en mi cama, una almohada le cubría el rostro. Estaba boca abajo y él la tomaba con violencia. No reaccioné, no podía, ahogué el sollozo, me arrebujé y como una cobarde aguanté hasta que Nikolai terminó y volvió a su camastro. Él había pensado que era yo, Greta había sufrido lo que me correspondía y yo me había bloqueado, no era justo, yo debí sufrir aquella violación.

Apreté los ojos y regresé al brillo hipnótico de las ligas, parecía mentira que una joya como aquella, tan bonita y delicada, pudiera infligir dolor.

Jadeante y sudorosa, apreté uno de los dedos contra la cadena provocando que una gota rubí emergiera. Daño y liberación. En cuanto la carne se perforó, sentí una explosión que podía ser adictiva. Tuve la necesidad de pagar por mis errores, por expiar mis pecados, por obtener una parte del sufrimiento que Greta percibió en mi nombre. Si esa noche no hubiera tenido una pesadilla y ella hubiera venido a calmarme, si no me hubiera entrado pis y me hubiera levantado para ir al baño...

Alcé los bajos del camisón y apreté una de las bandas contra el muslo, la sensación se multiplicó por mil. Mis dientes se cerraron al ritmo afilado del cilicio. Me sentí un cervatillo pisando un cepo en pleno bosque; a diferencia de él, yo lo pisaba porque quería hacerlo. Até la lazada de seda y dejé ir un suspiro liberador mientras me tumbaba.

Su mordida me aliviaba, me dejaba fluctuar en una emoción incomprensible, más allá de toda lógica. No me importaba si no se entendía, me bastaba con alejarme un rato y pensar que contribuía acompañando a Greta en su suplicio.

No usé el otro, con uno me bastó para entrar en aquel trance hipnótico que me alejó de todo y me permitió respirar.

A partir de aquella noche, comencé a usarlos cuando el recuerdo de todo lo vivido pesaba demasiado. No mucho rato, el suficiente para dejar mi mente en blanco y poder evadirme.

Anoche, después de cenar en familia, Herr Schwartz me hizo pasar a su despacho para que diera la pertinente explicación. Le pedí perdón tantas veces que la última me silenció.

—*Obraste mal, Katarina, y aunque tu acción fuera por precaución, deberías habérmelo dicho.*

Le expliqué que había guardado una copia de seguridad por si los archivos que le mandaba se dañaban, que la escondí tan bien que dudaba que alguien fuera a dar con ella alguna vez. Que nunca imaginé que después de mi muerte les diera por indagar.

—*Lo... Lo sé, ahora lo veo, no imaginé que él pudiera...*

—*El daño ya está hecho, ahora veré qué hago, necesito pensar. Sabes que cada acción tiene consecuencias, y que con errores como el tuyo soy muy intransigente.*

Mi corazón se encogió, no me sentía orgullosa de lo que había hecho, pero tampoco quería que dañara a mi hermana por mi culpa.

—*Merezco ser castigada, un acto como el mío no puede pasarse por alto, aunque no fuera a propósito. Por favor, Herr Schwartz, castígueme* —le supliqué. Le conocía demasiado como para no saber cómo debía comportarme en una situación extrema. Él forzó una sonrisa.

—*Sabes que las cosas no funcionan así.*

—*Fue un descuido, un error grave que no volveré a cometer, aceptaré lo que quiera hacerme y no me quejaré, se lo juro, por favor, solo yo soy responsable de mis pecados.* —*Ante la última palabra, los ojos le brillaron.*

—*¿Te arrepientes?*

—*Mucho.*

—¿*Qué sientes al saber que él está cerca?*

—*Nada, se lo prometo, nada. Él solo fue un medio para llegar a nuestro objetivo, siempre fue así* —*lo dije con total convicción, él asintió.*

—*Trae los cilicios.*

Tragué con dureza y asentí levantándome de la silla. Mi cuerpo quería echarse a temblar, pensar que él estaba tan cerca me desestabilizaba. Fui hasta la habitación como una autómata y busqué la caja. Regresé con los ojos puestos en la moqueta estampada color vino y la deposité sobre la mesa de madera oscura. Herr Schwartz la abrió, sacó los cilicios del interior y los observó sonriente.

—*Me gusta que les estés dando uso. Desnúdate.* —*Lo miré un tanto sorprendida, nunca me había tocado, el sexo no entraba dentro de nuestra relación.*

—¿*Có… Cómo?* —*titubeé.*

—*Ya me has oído. Voy a ponértelos yo, recuerda que tú has suplicado este castigo. Obedece.* —*Pasó un dedo por una pequeña mancha que había quedado incrustada en el último uso.*

Me quité la ropa despacio, dejándola sobre el respaldo de una de las sillas, me quedé con las bragas y el sujetador puesto. Solo tenía ganas de cubrirme con las manos, no quería que él me viera. La moqueta hormigueaba bajo las plantas de mis pies y su mirada oscura estaba posada sobre las marcas de mis muslos. Me avergoncé de que hubiera tantas. Minúsculas incisiones que formaban círculos en la parte alta de la carne. Cada vez lo hacía con mayor frecuencia, aunque intentaba no pasarme de una vez a la semana, cuando las pesadillas se hacían insoportables.

—*Todo* —*masculló, apuntando a mi braga y el sujetador.*

Me estremecí, sentía muchísima vergüenza, nunca fui una mujer a quien le gustara exponerse, y menos desnuda. Apreté los puños impotente, nada podía hacer cuando yo misma había ofrecido que hiciera lo que quisiera conmigo. «*Mejor tú que Alina*», *me dije para infundirme fuerzas.*

Me desprendí de las prendas que quedaban y él se levantó.

—*Has cambiado mucho desde que llegaste a esta casa, ya no eres aquella mocosa desvalida y raquítica que recogí del orfanato. Sigues siendo delgada, pero hay curvas que antes no estaban…*

Había caminado hacia mí, dando la vuelta a mi cuerpo, pasando una yema con muchísima sutileza sobre mi vientre, una nalga y el costado de un pecho.

—Por favor... —susurré, sabiendo que no tenía derecho a nada.

—Shhh —me silenció—, separa los muslos.

En la otra mano llevaba las ligas. Abrí las piernas, se posicionó frente a mí de cuclillas y pasó la primera recreándose bajo la fina piel hundida. Gemí cuando tensó tanto el lazo que pensé que llegaría al hueso, daba lo mismo que no fuera posible, yo lo sentí así. Mi cuerpo tembló. Noté su lengua caliente pasando sobre el frío metal y mi vientre se sacudió del asco.

—Me gustan tus marcas. —Acarició el círculo dentado de mi muslo libre, sus dedos eran anchos, calientes y mi piel se veía frágil bajo ellos.

Colocó la segunda liga sin prisa y repitió la acción. Mi respiración se volvió errática, no quería que se confundiera y pensara que estaba dándome placer. Yo usaba aquellas herramientas para expiar mis demonios, no para gozar.

—¿Ya puedo vestirme? —pregunté. Quería marcharme cuanto antes.

—Todavía, no, querida, ahora mismo eres una obra de arte que quiero disfrutar. Siéntate en la silla, frente a mí. —Se apoyó contra la mesa y tomó su copa de vodka—. Espalda recta, rodillas separadas, manos sobre ellas y ojos cerrados. No quiero que los abras hasta que te avise. ¿Comprendes, Katarina? —Moví la cabeza asintiendo.

—Bien, hazlo.

Me sentía tan vulnerable que tenía muchísimas ganas de llorar. No iba a hacerlo, aprendí hace mucho que las lágrimas no solucionaban nada salvo enrojecerme los ojos.

Adopté la posición indicada, él apuró la bebida, la acercó a mis labios y me pidió que escupiera dentro. Lo hice, no tenía ni idea de para qué quería mi saliva, lo mejor era cerrar los ojos. No me apetecía ver lo que iba a suceder, prefería la alternativa que me ofrecía de no contemplar la escena.

Que me privara del sentido de la vista solo consiguió que se me agudizara el del oído. Escuché su cremallera descorrerse, el cinturón golpear el suelo, su boca escupiendo y la fricción lubricada de la carne.

Era consciente de que estaba masturbándose y lo hacía cerca, notaba su aroma acre. Una especie de sonido al vacío seguido de gruñidos y jadeos me puso en alerta. No quería mirar, no podía mirar, no quería hacerlo, y no lo hubiera hecho si no fuera por mi curiosidad desmedida.

Separé un milímetro los párpados, no importó que mis gafas no estuvieran en mi rostro, estaba tan cerca que lo vi con claridad. Una arcada me sobrevino y apreté los ojos con mucha fuerza.

Hermano de fuego

Había metido su miembro dentro del vaso, con mi saliva, a escasos centímetros de mi boca y estaba pajeándose con su polla dentro, sintiendo el efecto de vacío que le otorgaba el recipiente. Nunca había visto algo así. Me dio muchísimo asco. No sabía cuánto tiempo podría aguantar sin echar la cena sobre su cuerpo. Por suerte, acabó rápido. Un gruñido final sofocó el sonido del bombeo.

Colocó el vaso sobre la mesa y se recompuso.

—Puedes marcharte, no te quites los cilicios hasta que suene tu despertador, necesitas una noche completa para pensar y expiar tus «pecados» —recalcó.

—Sí, Herr Schwartz.

Nunca me había vestido tan rápido, poco importó el dolor de los muslos, solo tenía ganas de salir de aquel despacho.

—Katarina —me llamó cuando tenía la mano en el pomo.

—¿Sí?

—Espero que hayas aprendido la lección, ya sabes que la próxima vez que cometas un acto que nos ponga en peligro no seré tan benévolo. Esta vez te has librado de algo mucho peor, harás bien en recordarlo.

—No volveré a fallarle, señor, gracias por ser tan considerado —respondí cabizbaja.

—Buena chica. Ahora descansa, mañana tienes mucho trabajo por delante.

Abrí la puerta y corrí hasta sentirme a salvo y vomitar en la intimidad de mi baño.

Me metí bajo el chorro de agua, ya estaba bien de pensar en lo que ocurrió anoche, el pasado, pasado era. Mi vida estaba plagada de situaciones que era mejor olvidar. Todas excepto las que tenían que ver con Dylan Miller, él fue mi oasis en el desierto, aunque al principio no lo creyera así.

Esbocé una sonrisa al rememorar nuestros comienzos. Cómo odié que su madre me hubiera endosado en reiteradas ocasiones al que consideraba «el pocas luces» de su hijo. En aquel entonces, fue un revés que no esperaba. Me hacía ir más lenta en mis propias investigaciones y, por si fuera poco, no lograba quitármelo de encima ni con cera caliente, era peor que un pelo enquistado. Parecía brotar en cualquier parte en la que yo estuviera, quebrantando mis minutos de descanso o mi trabajo. Quería que desapareciera con todas mis fuerzas porque, en aquellos tiempos, para mí, Dylan Miller era el típico gracioso, ligón y niño de mamá. Mi persona a evitar en el mundo, como ocurría con Nikolai en el orfanato. Me daba la sensación de que el hijo de la doctora tenía la misma obsesión enfermiza que ostentaba aquel crío, y por desgracia ya sabía adónde llevaban ese tipo de situaciones.

Pensaba alejarlo, ignorarlo y seguir como hasta entonces, en un lugar poco visible donde no llamara la atención. Odiaba resaltar, ya fuera por mis facciones, la claridad de mis ojos celestes o mi inteligencia poco común.

Cuando en el orfanato se dieron cuenta de mis capacidades cognitivas, no dudaron en hacerme un test de CI, el mismo al que no estaban seguros de someterme mis padres. Di un coeficiente de doscientos veintinueve sorprendiendo a todo el mundo. Ese dato se convirtió en mi mejor baza, pues a partir de entonces me volví una pieza codiciada. Aquella cifra me atribuía el título de la mujer más inteligente del mundo, por encima de Marilyn von Savant, quien fue catalogada la persona con el cociente intelectual más alto en el Libro Guinness de los Récords con doscientos veintiocho. Incluso superaba a personas como Charles Darwin, el ajedrecista Bobby Fischer o el físico teórico Stephen Hawking. No tardaron nada en encontrar a alguien interesado en mi adopción. La directora era una visionaria y solía hacer negocio con niños y niñas «especiales». Los matrimonios a menudo acudían buscando pequeños a los que poder criar como si fueran suyos, no venían a por las de casi once años con una hermanita a cuestas.

La directora mantuvo en secreto mi peculiaridad ante los demás y, después de una negociación telefónica, consiguió que alguien se interesara en mi adopción y aceptara que mi hermana entrara en el paquete. Ella me aseguró que había sido muy afortunada.

Vi demasiadas cosas allí y viví otras muchas que todavía escuecen. Lo mejor era salir lo más pronto posible de aquellos muros para olvidar cuanto antes el horror de la miseria. Por fin iba a dejar atrás todo lo vivido cerca de Nikolai, o ver a Oksana, la chica de trece años embarazada, parir y ahogar con sus propias manos al fruto de su violación antes de que lo adoptaran.

Presioné mis sienes frente al recuerdo de la efímera felicidad que sentí al verme fuera de allí. Mi inteligencia nos dio, a mi hermana y a mí, un pase directo hacia el que se convirtió en mi dueño, no podía darle otro nombre, como él decía: «Yo era su cisne negro y tenía una deuda muy grande que saldar».

Salí de la ducha, me puse un vestido holgado y fui a la cocina a prepararme un café bien cargado. Observé el hogar de mi infancia, aquel lugar era una cárcel con barrotes de oro. Desde que llegamos a Darmstadt, no puedo decir que nos faltara nada, es más, yo no estudié en un colegio con otros niños, como fue el caso de mi hermana. En el mío, como mi condición era especial, los profesores venían a casa, los mejores de cada materia para expandir y exprimir todo el jugo a mi cerebro.

Herr Schwartz no escatimó en medios para mi educación, recuerdo que al principio lo vivía como un premio. Tenía una habitación preciosa y cómoda en una casa lujosa, sentía que lo justo era absorberlo todo como una esponja para ser agradecida y demostrarle a mi dueño que no podía ser más feliz al darnos la posibilidad de tener una vida más allá de un prostíbulo. Allí solían ir a parar las huérfanas que no eran adoptadas y alcanzaban la mayoría de edad.

Ahora, con treinta y tres años, poseía un doble grado en Biomedicina y Genética, además de hablar a la perfección cinco idiomas que me abrían muchas puertas. Lo malo era que no tenía la llave que abría la de mi libertad; podía fugarme, esa posibilidad siempre estuvo, pero el precio a pagar sería demasiado alto.

Cuando aterricé en Brisbane con veinticuatro, tenía muy claro mi objetivo. Tanto que mis ratos de ocio, que eran más bien pocos, los dedicaba a ampliar mis conocimientos sobre el proyecto «Godness», debía dar con la clave antes que la mismísima doctora Miller. Las órdenes fueron muy claras: «Resolver el enigma antes que ellos y ofrecer toda la información a mi dueño». Si no cumplía, las consecuencias serían devastadoras.

Llevaba un año trabajando en Genetech cuando Dylan se cruzó en mi camino y, aunque apenas me relacionaba con los compañeros de trabajo, me sentía bien allí. Que me apodaran la antisocial nunca me importó. Era cierto que interactuaba con los demás lo imprescindible, a excepción de la doctora Miller, con ella era con la que más hablaba, hasta la intromisión de su hijo.

La imagen del rostro sonriente de Dylan me hacía poner los ojos en blanco en aquella época. Solía preguntarme cómo se podía tener una sonrisa perpetua durante diez horas al día. Yo era incapaz de emitir una sola, mi infancia se encargó de que me olvidara de lo que se sentía al sonreír, hasta que él cambió esa circunstancia.

Me había aportado tantas cosas en tan poco tiempo que lo único que esperaba era que fuera capaz de perdonarme. Ojalá hubiera recuperado su vida, que fuera feliz junto a mis hijos y hubiera encontrado una buena mujer que le diera todo lo que merecía. Aunque eso supusiera perderlo para siempre.

«Idiota», me reproché. Él no fue mío nunca, no debí enamorarme, debí obedecer y dejar mis sentimientos al margen, pero ¿cómo hace una mujer que no tiene nada para no enamorarse de un hombre que se lo da todo?

Cerré los ojos con fuerza recordando aquel día, justo una semana después de conocernos, cuando tuve aquel accidente en bicicleta.

Brisbane, siete años antes.

Vivía en una zona a las afueras del bullicio de Brisbane, en Kenmore Hills, a unos quince kilómetros del centro, lo que me permitía ir a la mía y dar largos paseos por la montaña si necesitaba despejarme. Residía en una casita pequeña, modesta, sin demasiados lujos. Como apenas salía, y la moda me importaba un pimiento, podía permitirme ahorrar algo de dinero del sueldo.

Hermano de fuego

Estábamos a lunes y mi fin de semana había sido una réplica de los anteriores, por suerte, en esta ocasión, se me había permitido hablar con Alina, y saber que estaba bien fue un respiro, un chute de energía para seguir trabajando. Mientras lo hiciera ella, seguiría con vida, y eso era lo único que importaba.

Él sabía que mi hermana era mi talón de Aquiles, que haría cualquier cosa, aunque eso supusiera sacrificar mi vida por la suya. Si no cumplía, el destino que le esperaba a Alina era mucho peor que la muerte, la cederían a alguna mafia de trata de blancas y la harían adicta a cualquier sustancia estupefaciente hasta que se consumiera víctima de una enfermedad venérea o de las drogas. Tenía veintiún años, era mucho más alta que yo y preciosa, y vivía en una cúpula de cristal que construí a base de esfuerzo. Alina era intocable, a menos que yo fallara. No tenía opción, no pensaba hacerlo.

Pedaleé colina abajo, iba tan ensimismada que no me di cuenta de que una serpiente cruzaba la carretera; odiaba a esos animales, pero no hubiera soportado la idea de pasarle por encima y matarla. Giré el manillar con brusquedad lanzándome al lado opuesto por el que circulaba el reptil, sin ver el coche que venía de frente y acababa de tomar la curva. El conductor intentó esquivarme, y yo, al verlo, aceleré como pude; y, aunque intenté apartarme, me fue imposible evitar del todo el impacto lateral del morro del coche contra una de las ruedas. Salí disparada de cabeza contra la ladera, suerte que llevaba el casco puesto.

Para mi sorpresa, el cabrón del conductor ni paró, es más, pasó por encima de mi bici dejándola para el desguace. Fue todo tan rápido que no tuve tiempo de fijarme en el modelo del coche o la matrícula, ya lo pensaría más tarde, si es que seguía con vida.

Un zumbido hizo que presionara mis manos contra los oídos. Intenté serenarme, mi frecuencia cardíaca se salía de la tabla y mi corazón amenazaba con ofrecerme un infarto, dándome un pinchazo en el brazo izquierdo.

Contuve la sensación de náuseas.

¡Mierda, iba a llegar tarde al trabajo y yo nunca me lo permitía!

Vi a la serpiente reptar hasta el lugar en el que yo estaba y mirarme altiva.

—¡Eso, agradéceme así que te haya salvado la vida! No me extraña nada el papel que te dieron en la Biblia. —La muy rastrera pasó de largo, no siseó ni un triste «ahí te pudras». Me palpé el cuerpo y las gafas, me consoló sentir todas las extremidades intactas, además de los cristales.

Tenía algún que otro raspón, pero nada roto. Cuando me puse en pie, tuve un ligero mareo y necesité apoyar la mano contra la piedra arenosa. Menos mal que era blanda y no me había partido la crisma.

En esa parte de la montaña la cobertura era una mierda, por lo que llamar a un taxi quedaba descartado.

La carretera por la que circulaba no era inhóspita, solía estar transitada, así que la mejor opción era cruzar al otro lado y buscar a un buen samaritano que me llevara hasta un lugar desde donde pudiera pillar un taxi.

Miré a un lado y a otro, no fuera a ser víctima del segundo atropello del día, y suspiré al ver el amasijo de hierro que antes fue una bicicleta...

Entre la óptica —sí, después de un año todavía no había arreglado la montura— y la bici que tendría que comprarme iba a fundirme todos los ahorros.

Fui al lado contrario del asfalto caminando hacia atrás como los cangrejos, no quería perderme el primer coche que pasara.

Cuando oí el ruido de un motor acercarse por mi lado, hice dedo. El conductor pasó de largo. ¿Por qué no había parado? Vale que no era un pibonazo como esas autoestopistas de las pelis, ni llevaba una falda para enseñar cacha, pero estaba en apuros, ¿es que la gente ya no ayudaba a los demás?

Pensé en que una sonrisa podría ayudar. El tobillo me molestaba, seguro que al final del día terminaría del mismo tamaño que mi rodilla, tenía toda la pinta de haberme hecho un esguince; en caliente no lo había notado, sin embargo, ahora dolía.

Llegaba el segundo coche. Puse una mano en mi cintura, la otra haciendo dedo y estiré todo lo que pude los laterales de la boca, en una sonrisa tensa decorada con muchos dientes. El resultado obtenido no mejoró el anterior, al contrario, creo que el conductor incluso aceleró al verme. ¿Por qué no había parado si le había enseñado hasta las muelas del juicio?

Quizá ese era el problema y le había parecido una psicópata. Si seguía con aquel porcentaje de éxito, no iba a llegar a la parada de taxis en la vida. Puede que fuera el casco y las gafas. Me las quité, aunque sin ellas viera poco, me atusé el pelo e hice algo que jamás creí que haría. Me desabroché el primer botón de la camisa, a ver si enseñando algo de canalillo, el siguiente paraba.

Oí un motor lejano y saqué todas las armas que tenía. Pose de chica en apuros, sonrisa de Julia Roberts en *Pretty Woman* y presión en un canalillo que no era nada del otro mundo. Por extraño que pueda parecer, funcionó, y no con un utilitario como había sido el coche anterior. Hasta yo sabía diferenciar cuándo un coche era caro y cuándo no, y más si se trataba de uno como ese, un Corvette Z06 color amarillo limón. Seguro que se trataba de un amante de la discreción.

El coche se detuvo en el arcén y yo me acerqué cojeando hasta la luna del copiloto para asomarme por ella y focalizar. Recibí un puñetero fogonazo por parte del sol que hizo que una de mis pupilas apuntara hacia dentro. No quería pensar en la imagen que estaba llevándose el pobre conductor, pues yo seguía con los dientes tensos y al aire. Apreté los ojos para calmarme.

—Disculpe, ¿podría bajarme hasta algún lugar con cobertura? Acaban de atropellarme y necesito un taxi para ir al trabajo.

—¿Duendecilla? —Abrí los ojos de golpe.

«No, no, no, ¡él no! ¡Ves como Dios no existía!».

—¡¿Qué haces aquí?! —gruñí cuando advertí que el dueño de aquella voz era mi peor pesadilla. No había terminado de emitir la pregunta cuando Dylan ya estaba saliendo del coche.

—Pues, al parecer, salvarte la vida —dijo con cara de susto—. ¿Estás bien? ¿Qué es eso de que te han atropellado?

—¡Sí! Bueno, estoy como lo estaría cualquiera después de haber sido embestida —exclamé enfadada y nada conforme de que fuera Dylan quien me socorriera—. Oye, entra en tu limón y sigue conduciendo, ya me espero al próximo que pare, tu coche me da acidez. —Él me miró como si le hablara en congoleño, es más, se puso a manosearme y yo a aporrearle—. Estate quieto, ¿se puede saber qué haces?

—Pues un reconocimiento rápido, acabas de decir que te han atropellado.

—Y sigo en pie, ¿acaso no lo ves?

—Lo veo, pero soy de los que necesitan tocar para creer.

—Pues deberás fiarte de mi palabra, soy como la fe, no necesitas tocarla para saber que existe. —Se puso a sonreír. Ya estábamos, ¿es que ese tío desayunaba viendo comedias o qué? Si yo era lo más sieso del universo, ¿cómo podía hacerle gracia?

—¿De qué te ríes?

—De qué va a ser, de lo guapa que te pones cuando te enfadas. — Bufé, ya volvía otra vez con lo de la belleza—. Perdona, soy un pelín obtuso, ya tendría que haberme quedado claro después de un año que los cumplidos no son tu fuerte.

—Ni los cumplidos ni tú. Ya te he dicho que te vayas, que pillaré el siguiente.

—Pero ¿tú que te crees? ¿Que esto es como coger turno en la pescadería? A la gente no le gusta llevar a desconocidos, aunque sean duendecillas en apuros. Además, ¿y si vuelven a atropellarte porque no te ven? Recuerda que eres muy bajita y delgada.

—¿Y tú cómo me has visto?

—Porque tengo un radar que pilla tu señal.

—Pues ya podrías haber dado con la de un rayo.

—¿Y que me partiera? Qué traviesa eres, Duendecilla. Por cierto, ¿en qué ibas montada para que te atropellaran?

—¿Ves eso de ahí? —Señalé el gurruño que antes era mi bici—. No es una obra de arte impresionista.

—Joder, pues sí que impresiona, sí; está inservible.

—Me he dado cuenta.

—Parece que tienes mucha facilidad para romper cosas.

—Solo desde que apareciste, debes traerme algún tipo de mala suerte.

—¿Te llevo al hospital? —cuestionó, obviando mi desfachatez.

—¿Para qué?

—Para que te den un puesto de relaciones públicas. ¿Para qué va a ser? Pues para que te hagan un reconocimiento.

—No es necesario, ya me he evaluado yo misma, estoy bien, solo un ligero esguince en el tobillo, nada que no cure un poco de reposo y antiinflamatorios.

—¿Y qué haces de pie? —En un visto y no visto, me alzó en brazos.

—¡Suéltame!

—Eso pretendo, pero dentro de mi coche, no voy a cargar tu muerte sobre mi conciencia. —Discutir con él era un absurdo, además, tan bueno era su automóvil como el de otro, solo tendría que mantener la vista clavada en el paisaje hasta que me dejara en algún punto donde pudiera conseguir un taxi. No tenía que dejarme llevar por mis emociones alteradas. Eso no servía.

Me callé y me descubrí oliendo el lateral de su cuello, Dylan solía oler a mar, lo sabía porque usaba cualquier excusa para acercarse a mí y no me costaba captar el sutil aroma a salitre. Hoy destilaba un aroma fresco que no lograba identificar, quizá fuera algún perfume...

—¿A qué hueles? Hoy no lo haces como siempre —lancé la observación sin pensar en las consecuencias. No me pasó inadvertida su sonrisa de «te has dado cuenta» al posarme en el asiento.

—Así que me olisqueas habitualmente y sabes distinguir mi aroma...

—Yo no te olisqueo, no soy un perro. —Cerró la puerta y lamenté haber hecho la pregunta.

—No solo los perros olisquean, también lo hacen los cerdos para encontrar trufas.

—¿Acabas de llamarme cerda?

—Es un piropo, ¿sabes que *Babe, el cerdito valiente* siempre fue mi peli favorita de pequeño?

—¿Cómo iba a saber eso?

—Obvio, no sabes nada de mí. Pues bien, me encantaba. ¿Sabes que usaron veintinueve cerditos distintos para hacer las escenas? Así se aseguraban de que no crecieran y de que cada uno sabía ejecutar una orden.

—Fascinante. Es lógico que te gustara, es una de esas pelis que cada vez que ves, descubres algo nuevo. —Me miró, le miré y soltó una carcajada que hizo temblar en el interior del coche y, lo peor de todo, a mí. ¿Qué había sido eso?

—Eres la hostia, Duendecilla. —Se abrochó el cinturón advirtiéndome con la vista que imitara el gesto. Una vez lo hice, arrancó y en la radio comenzó a sonar *More than friends* de Inna y Dady Yankee. Estupendo, esa canción era un puñetero himno a dejar de ser amigos para pasar a algo más. Dylan me miró juguetón.

—¡¿Qué?! —gruñí, sabiendo muy bien cuál era la intencionalidad de esa mirada.

—Nada... —Por si no lo pillaba, se lo iba a decir.

—Nosotros ni siquiera somos amigos, ni lo vamos a ser —apostillé.

—Porque tú no quieres, y voy a decirte una cosa...: Sales perdiendo.

—Ya, eres toda una joya.

—Más allá de eso... ¿Cuántos amigos tienes en Brisbane? —Me quedé callada y lo dio como respuesta válida—. ¿Y cuántos tienes que sean guapos, divertidos y con un cochazo como este para llevarte de aventuras?

—No me gustan las aventuras.

—Cualquiera lo diría caminando por una zona donde las chicas te cobran cincuenta pavos la mamada. Cuando te vi, pensaba que estabas de pluriempleo, por eso paré. —El oxígeno abandonó mis pulmones de golpe.

—Yo no, en esa zona no... —Él soltó una carcajada.

—Lo sé, mujer, era una broma, aquí no hay sitios así. Siempre estás tan seria que eres como una puta diana con un luminoso. —Me crucé de brazos y miré por la ventana sin responder. Yo no era de las que replicaban, no lo hacía porque sabía las consecuencias, y, sin embargo, con él... ¿Por qué no podía contenerme?—. Eh, vamos, lo siento, ya sé que no te hago gracia, pero tú a mí sí, no sabes lo que es dar con alguien a quien no impresionas y que debes esforzarte por caerle bien cuando ese es uno de los dones que te concedió la naturaleza. Puede parecerte extraño, pero eres de lo más refrescante, única y supongo que por eso me salen tantos chistes seguidos, aspiro a que en algún momento logre que uno te haga gracia.

—Pues ahórratelos y dedícate a llevarme a la parada de taxi más cercana.

—¿Por qué? Vamos al mismo sitio, es absurdo que gastes dinero tontamente cuando puedo llevarte.

—Pues porque solo necesito que me acerques a la parada, nada más, y porque no quiero que me vean llegar contigo a los laboratorios y piensen lo que no es. —Apretó su sonrisa perpetua y miró hacia delante.

—¿Tan malo sería eso? ¿Que te relacionaran conmigo?

—Para mí sí. Ya te lo he dicho, no quiero amigos, así que búscate a otra a quien quieras hacer sonreír, seguro que te salen mil postulantes. Por ejemplo, Lisa, a ella sí que le gustan tus bromas; conmigo pierdes el tiempo. —Se mantuvo en silencio, cosa que agradecí. No paró donde le indiqué y siguió derecho hasta Genetech.

—Te dije que te detuvieras antes —me quejé, viendo la silueta de la empresa.

—Tengo un *parking* privado, respira, nadie verá que bajas de mi coche. Cuando salgas por esa puerta, esperaré un par de minutos, así te daré margen. No te preocupes, no podrán relacionarte conmigo. ¿Satisfecha? —Estaba molesto y a mí me molestaba que lo estuviera. ¿Por qué se enfadaba?

—Podrías haberme dejado en la parada. —Dylan puso cara de exasperación y pasó de responder. Bien, empezábamos a entendernos, lo mejor era ignorarnos.

Capítulo 6

Atropello.

Dylan, en la actualidad.

Ya estaba llegando a mi nuevo puesto de trabajo, iba bien de tiempo, cuando el coche que me precedía dio un frenazo en seco. Escuché un grito agudo que me perforó el tímpano y mi primera reacción fue hacerme a un lado, aparcar la moto y ver qué había ocurrido por si podía ayudar.

El chillido sobrecogedor pertenecía a una chica rubia que se agitaba histérica, su vestido blanco estaba salpicado de rojo, también su rostro, donde se apreciaba una mancha entre las cejas y otra sobre el labio superior. Al lado, una mujer mayor se arrodillaba palpando el suelo. Agudicé la vista mientras me acercaba, lo vi con facilidad, era el extremo de una correa, y bajo la rueda del coche había el cráneo de un perro aplastado.

La chica estaba hiperventilando, la gente empezaba a arremolinarse, algunos con curiosidad, otros para intentar ayudar a un animal al que ya no le quedaba vida. La muchacha estaba teniendo un ataque de pánico, así que me acerqué a ella, nada tuvo que ver su figura más que atractiva y un rostro que podría haber sido portada de revista. En Darmstadt casi todas las mujeres alemanas parecían sacadas de una, debían producirlas en serie.

Le pregunté si se encontraba bien, ella no supo ni qué responder, estaba en estado de *shock*. La aparté, llevándola conmigo a un lado, lejos de la muchedumbre, y procuré que volviera a respirar con normalidad. Se movía como una hoja agitada por el viento. De poco parecían servirle mis palabras de consuelo. Pensé en el modo tan repentino en el que falleció mi padre, en el desasosiego que sentí, en cómo Noah fue mi ancla. Cuando ocurría un suceso traumático, era importante tener a alguien cerca que te hiciera volver a la realidad.

—Vamos, tranquila, respira, estás haciéndolo muy bien; si tuviera una bolsa de papel, te la ofrecería, pero no la hay. Así que intenta respirar despacio, coge el aire por la nariz y suéltalo por la boca. —Tenía los ojos llorosos, su mirada seguía perdida en el asfalto. La apoyé contra el tronco de un árbol de follaje rojizo.

—¿Ha… Ha muerto? —preguntó sobrecogida.

—No lo sé —mentí, no quería contribuir a incrementar su desazón.

—He oído cómo la rueda le aplastaba el cráneo, a la mujer de al lado le sonó el móvil, fue a meter la mano en el bolso y la correa se le escapó. Hacía solo un minuto que yo estaba haciéndole carantoñas y ella me decía que era un cachorro juguetón. ¡Dios! —La chica se dobló en dos y se puso a devolver. Me vi en la necesidad de aguantarle la frente, y aquel acto reflejo me hizo pensar en Winni, en los primeros meses de embarazo y en cómo tuve que sostenerle la cabeza en más de una ocasión.

Quién hubiera dicho que al final terminaríamos juntos... Nadie apostaba por nosotros, ella me rehuía, no quería saber nada de mí, incluso aquel día que la encontré tirada en la montaña después de haber sufrido un accidente con la bici. El destino quiso que nos encontráramos y, como estaba haciendo ahora con aquella extraña, intenté ayudarla.

Hice todo lo que estuvo en mi mano para acercar posiciones, y como premio me llevé que al llegar al trabajo renegara de mí.

Le daba vergüenza que nos vieran juntos, y eso me hirió tanto que no pude sacarme la sensación de que era la última mierda del planeta para la única mujer que me había llamado la atención lo suficiente como para sentirme desesperado.

En el desayuno fue tal mi exasperación que no pude hablar de otra cosa con Liam y mi hermano.

Brisbane, siete años antes.

—No lo entiendo, os juro que no lo entiendo —repetí frente a un café solo, un hermano y un amigo que no dejaban de descojonarse.

—¿El qué? ¿Que hayas encontrado a la única mujer del universo con criterio? —me picó Noah, regodeándose en mi desdicha.

—¿Criterio? ¡Le da pavor que la relacionen conmigo! ¡Ni siquiera quiere que nos vean entrar juntos!

—¿Y eso te extraña? ¡Le has llegado a decir que *El cerdito valiente* era tu peli favorita! —exclamó mi hermano.

—De pequeño —puntualicé—, y en mi favor tengo que añadir que cuando estoy con ella, sufro enajenación mental transitoria.

—Joder, Dy, que al que se le dan mal esas cosas es a mí, y tú estás comportándote como si mamá y papá te hubieran adoptado y fueras el hijo no reconocido de Angelina Jolie y el payaso de Micolor.

—Eso lo dices porque tú eres tan sieso como ella y no compartes mi humor. Vale que cuando Winni entra en escena es como si me metieran en un concurso de «a ver quién la dice más gorda», pero es que no sé cómo explicarlo, me pongo muy nervioso.

—Pues ten en cuenta que en ese concurso solo participas tú, y a ella no le resulta gracioso —me amonestó mi hermano—. ¿Es que no puedes ser un poco más comedido? Es lógico que se avergüence de que la vean contigo si no dejas de decir chorradas. —Liam se mantenía al margen, mirándonos a uno y a otro de lo más divertido. Ver su cara me hizo reflexionar en voz alta.

—Tú y yo debemos tener una tara emocional, si te das cuenta, tú has buscado en Liam a mi reflejo, y yo a la duendecilla gruñona, que es el tuyo. ¿Qué diría Freud sobre esto? Tendríamos que ir a un psicólogo para que nos evalúen y me digan qué debo hacer.

—¡Oye, que tu hermano no está liado conmigo! Lo tuyo es muy distinto —aclaró Liam.

—Pfff, si un día llegarais a casa cogidos de la mano y anunciando que vais a adoptar un niño etíope, a nadie le sorprendería... —rezongué. Noah sacudió la cabeza de lado a lado.

—Eso, tú echa balones fuera, mejor mirar el ombligo de los demás que la enorme pelusa que sobresale en el tuyo.

—¿Has llamado a Winni pelusa? —Mi hermano se debatía entre permanecer sentado o regresar al trabajo antes que seguir escuchándome, se lo veía en la cara.

—No me refería a ella, y lo sabes. ¿Qué más da si la señorita Weber Meyer pasa de tu culo? No es el fin del mundo, puedes regresar a tus modelos y azafatas —puntualizó Noah.

—Pues que yo no pierdo ni a las canicas... Las mujeres me adoran y ella... ella...

—¿De eso se trata? —resopló mi hermanísimo—. ¿De que tus encantos no le resultan irresistibles? Pues mira, me alegro, a ver si te das cuenta de que esa actitud que tienes no funciona con todas.

—Eso lo dices porque nunca me perdonarás que Cri-cri se fijara en mí. Yo no tengo la culpa de que me prefiriese, hice lo que pude y los sabes. —Noah rodó los ojos exasperado.

—¿Qué te ha dado con Cris ahora? La culpa de que Winni reniegue de ti es solo tuya.

—Debería haberte ahogado con el cordón cuando tuve la menor oportunidad, se nota que estás resentido. —No pensaba lo que había dicho, yo adoraba a Noah y él a mí, era solo que Winni tenía el poder de activar a mi capullo interior.

—Madura, Dylan, puede que así des con una mujer que merezca la pena de verdad.

Cuando la vi ahí tirada en mitad de la carretera poniendo la misma cara que la prima del Joker, supe que algo andaba mal. Al principio pensé que mi fijación por ella estaba causándome alucinaciones. Bajé la ventanilla y ahí estaba, a quien del susto se le giraba un ojo hacia dentro. Había estado al borde de la muerte mientras yo pasaba el fin de semana en casa de uno de mis rollos para no obsesionarme por sus desplantes diarios y demostrarme a mí mismo que no había perdido el *sex appeal*. Winni era la única mujer capaz de hacer flaquear mi amor propio, de hacer que me sintiera ridículo y necesitara sus elogios, era de locos.

—¿Puedes darme clases de cómo ser un sieso y no morir en el intento? —le pedí a mi hermano—. Igual, si me parezco algo más a ti, funcione.

—Vivir para ver esto —rezongó—. Lamento decirte que has tenido veintitrés años para aprender; si a estas alturas no lo has hecho, yo cambiaría de estrategia.

Hundí la cara en las manos...

—Soy un desgraciado —me quejé casi lloriqueando.

Liam soltó un bufido.

—¿Desgraciado? ¿Tú? Si vistes de Prada como el que lo hace de Zara. Me gustaría recordarte que si yo pude con una madre que para mi graduación me compró un traje de Hugo Bross, que debía ser el diseñador de los de Super Mario, y estas Navidades se coronó con un polo de Tommy Hi Hitler, tú puedes con cualquier cosa.

La cara se me iluminó y no pude más que echarme a reír junto a Noah.

—¿Tommy Hi Hitler? Estás de puta coña, ¿no? —pregunté ahogado en lágrimas.

—Cuando vengas a casa te lo presto, está criando polvo junto a mi polo Lacroste, a ese aligátor de diez centímetros se le han caído ya todos los dientes.

Liam era único para levantarle el ánimo a cualquiera, era el amigo perfecto para un día de bajón, si él no lo lograba, no lo hacía nadie. Una vez pude calmarme del ataque de risa que me dio pensando en la colección de ropa de Liam, volví a centrarme en lo que me decía.

—¿Y si pasas de ella? —sugirió—. Ya has visto que ir detrás no te funciona, ni lo de hacerte el tonto para que en el curro tenga que explicártelo todo como a un niño de parvulario. Puede que te sorprenda, pero, remitiéndome a las pruebas, yo creo que es de esas mujeres que necesitan admirar a la persona que tiene al lado. Tendrías que ver su ficha...

—Un momento, ¿has mirado su ficha? —lo increpó Noah.

—Estoy en el Departamento de Recursos Humanos, y Dy está en apuros...

—Di que sí, hermano. —Choqué el puño con Liam—. ¿Qué has averiguado?

—Pues para empezar la señorita Winnifreda Weber Meyer tiene una doble licenciatura en Genética y Biomedicina, con una media de matrícula de honor en ambas carreras, y con solo veinticinco años, lo que me lleva a deducir que es una mujer de mente brillante.

—Joder, al final sí que va a resultar que quiero follarme a mi hermano —jadeé.

—O a tu madre, lo que no sé qué es peor... —puntualizó Liam, dándole un bocado a su donut glaseado. Con la cantidad de mierdas de esas que se comía, y el muy capullo tenía dieciséis abdominales en lugar de ocho.

—Voy a ir pillando hora con el loquero... —Sabía que era lista pero no tanto.

—Originaria de Alemania, habla cinco idiomas y está en Genetech gracias a su proyecto de fin de carrera, el cual alucinó a tu madre, si no, no habría entrado en el «Godness». Por cierto, ahí viene, la tienes a las tres en punto —apostilló con un ligero movimiento de cejas. Nuestros ojos buscaron a la presa que cojeaba malherida.

—Será cabezota, seguro que no se ha puesto nada en el tobillo. Tendríais que haberla visto salir del coche, nunca vi a alguien renqueante correr tanto. Al final se hará daño.

—Déjame a mí —dijo Liam, llevándose el último bocado de masa dulce a la boca.

—¿Qué piensas hacer? Liam… ¡Liam! —cuchicheé lo más fuerte que pude mientras él me ignoraba.

—Déjalo, es como tú, va a terminar haciendo lo que le venga en gana.

—¿Y si la fastidia?

—¿Más que tú? Imposible.

—Tienes razón, si vamos a tragar mierda, hagámoslo hasta el fondo.

Vi cómo nuestro amigo, con su aspecto de *surfista vintage,* porque seguía usando el puñetero traje de su padre, interceptaba a Winni cuando se dirigía al mostrador. No tardaría nada en hacer emerger su peor cara de cascarrabias ante el avance de mi amigo, Liam regresaría con el rabo entre las piernas antes de que yo culminara la cuenta regresiva del tres al uno. «Tres, dos...». Un momento, ¿qué estaba ocurriendo? Parpadeé unas cuantas veces poniendo el foco en aquel gesto. ¡Estaba bosquejando un amago de sonrisa! Acababa de sentarse en la silla con la ayuda de Liam y permitía que le pusiera el pie en alto, dejándola allí para ir hasta la barra.

—No me lo puedo creer. ¿Acabas de ver eso? —Mi hermano removía su expreso sin siquiera mirar atrás, le gustaba darle vueltas con la cucharilla, aunque no llevara azúcar.

—No me hace falta, con verte la cara, basta.

—Pe… Pero ¿cómo lo ha hecho? ¡No le ha bufado! E incluso le ha levantado las comisuras de los labios, eso no lo hace ni con mamá. —Noah se limitó a encoger los hombros.

—Ya te dije que lo dejaras. Liam es muy bueno conectando con la gente, por eso será el futuro jefe de Recursos Humanos, ya lo verás.

—Pues voy a cambiarme de tu clase a la suya, me quedo con Liam de maestro.

—Nunca acepté darte clases.

—Da lo mismo... ¿Puedes creerte que están hablando? ¡Que es-tán ha-blan-do! Y él le ha envuelto el pie en hielo. Increíble.

—¿Y qué tiene de raro que hablen? Es lo que suele hacerse cuando dos personas se comunican.

—Es que Winni apenas se comunica, si vieras las barbaridades que dicen los del equipo... —Noah arrugó las cejas contrariado.

—¿Se meten con ella?

—No directamente, comentan que si no se relaciona, si es una antisocial... Ya sabes, ese tipo de cosas.

—¿Y tú que haces?

—Pues decirles que si no habla con ellos, será porque no son lo suficientemente interesantes. —Alcé el cuello perdiéndome cómo mi hermano sonreía con orgullo—. Pero ¿cuánto rato más van a hablar?

—*Relax, my brother,* Liam no tardará. Oye, ¿seguro que todo esto es solo porque no te hace ni puto caso? —Miré a los ojos de mi hermano.

—Supongo, no sé, creo que es como uno de esos puzles de mil piezas que papá nos compraba de pequeños y que no podía parar de hacer hasta tenerlo resuelto.

—Es verdad, te encantaban, cada año los buscaba más grandes.

—Pues lo malo con ella es que sus piezas están en blanco, no hay dibujo, y por mucho que intente hacerlas encajar, no encuentro la manera.

—Me da a mí que la mente de esa mujer debe ser como entrar en Ikea, un puñetero laberinto sobreamueblado en el que no tienes ni idea de cómo llegar a la salida.

—No podrías haberla definido mejor. Espera, que ya viene Liam, disimula. —Tomé la taza de café helado y la llevé a mis labios, ¡ni que pudiera ocultar la ansiedad que reflejaba el temblor de mis manos!

Nuestro amigo se acercó con lentitud, cómo le gustaba al muy cabrito hacerme sufrir. Se sentó en su silla con aire chulesco e inclinó el cuerpo hacia atrás para pasar la lengua por dentro del labio inferior.

—¿Y bien? —pregunté con la tacita de porcelana al borde de la quiebra.

—De cerca gana muchos puntos... —Casi me tiré por encima de la mesa para arrancarle esa ridícula mueca de suficiencia—. Calma, chaval, era broma, aunque es muy guapa sé dónde no tengo ni que mirar —Liam se carcajeó.

—¿Quieres hacer el favor y decirme de qué habéis hablado? —Liam era tan capullo como yo, por eso ahora estaba recreándose, no hacía nada que yo no hubiera hecho y eso me ponía enfermo.

—Como has visto, me acerqué interesándome por su pie, le dije que era de recursos humanos y que me habías contado lo del accidente, no pareció gustarle que fueras aireando sus intimidades...

—Capullo.

—De alguna manera tenía que entrarle. Le comenté que en su estado no era buena idea seguir trabajando, le sugerí que se marchara a casa y ella alegó que tenía demasiado por hacer. Le ofrecí una solución alternativa; que se sentara, me dejara aplicar el protocolo de riesgos laborales y la invitara al desayuno. Así conseguí asegurarme de que, por lo menos, se alimentaba bien y mantenía el pie en reposo quince minutos. Ah, y también le di un ibuprofeno.

—Eres bueno, eres muy bueno —murmuré con la voz de Robert de Niro.

—Suelen decírmelo.

—¿Y qué más? Te pasaste ahí un buen rato, ¿has averiguado algo que me sirva?

—Puede... —susurró, haciéndose el interesante—. Me inventé que estaba haciendo un cuestionario sobre la salud emocional de los trabajadores en el entorno laboral. Por lo que le hice unas cuantas preguntas cuya respuesta fuiste tú. —Lo miré esperanzado.

—¿En serio?

—Sí, dice que la atosigas, le molesta tu aliento mañanero, por tu culpa no rinde bien en el trabajo y está harta de tus chistes sobre gatos.

—¡Yo no le cuento chistes sobre...! —Liam volvía a estar partiéndose y Noah con él. Hice una bola con una servilleta de papel y se la lancé a la cara—. ¡Capullo!

—Me lo has puesto en bandeja. Ahora en serio, me dijo que le gustaba mucho estar aquí, que se sentía parte del proyecto y que, aunque ahora tuviera que estar más por otras cosas que por sus tareas habituales, no cambiaría su puesto por nada en el mundo. Se nota que es una mujer inteligente, cabal, que da mucha importancia a su trabajo y que tú le supones más una traba que un desafío. Sí o sí has de cambiar la táctica si quieres llamar su atención. Tu belleza o don de gentes le importan un pimiento, así que te sugeriría que empezaras a mostrarle lo interesante que puedes llegar a ser en lugar de hacerte el *mongolo* en plena pubertad. —Extendió la mano—. Son cien pavos precio amigo, con el loquero te hubiera supuesto unos cuantos meses de terapia.

—Date con un canto en los dientes con una tarde de compras conmigo. Cada vez que miro ese traje tuyo, pienso en John Paul Young cantando *Love is in the air* en los ochenta.

—Mi padre era muy fan de él, se lo diré, seguro que le gusta saberlo.

Hablar en serio con Liam era casi tan difícil como hacerlo conmigo, entre broma y broma la cafetería se quedó en silencio. Cuando eso ocurría, solo podía significar dos cosas: que había pasado un ángel, un hecho bastante improbable, o que mi madre se asomaba por la puerta. No es que eso fuera el pan nuestro de cada día, aun así, cuando ocurría, el bar se cubría por un mutismo espeso que podías untar encima de la tostada.

—Maléfica a la vista... —bromeó Liam. La doctora Patrice Miller hizo un barrido visual que enmudeció a toda la plantilla. Las risas quedaron descatalogadas y muchos se apresuraron a pagar, como si el mero hecho de compartir espacio con ella les fuera a causar el despido. Se acercó a nuestra mesa con paso firme y la mirada puesta en mí.

—Espero que os haya aprovechado el desayuno —fue su saludo.

—Gracias, doctora Miller, los donuts artesanos de esta cafetería son una maravilla, debería probarlos —respondió Liam, recibiendo una sonrisa tirante por parte de mi progenitora. Noah se puso en pie.

—Nosotros ya nos vamos, tenemos que seguir trabajando, si hubiéramos sabido que venías a desayunar, te habríamos esperado —musitó, haciéndole un gesto a Liam para que se pusiera en pie.

—No he venido a tomar nada, buscaba a Dylan, por mí podéis marcharos.

—Hasta luego entonces —se despidió mi hermano cortante. La relación entre ellos no es que fuera de lo más conciliadora.

—Doctora Miller —cabeceó Liam, dejándonos a solas. Mi madre esperó a que se fueran para pedirme que la acompañara a su despacho. Quería mostrarme unos avances y comentarme algo en privado.

Los datos importantes sobre el «Godness» los debatíamos en él, y la documentación confidencial la guardaba en casa. Mi madre era desconfiada por naturaleza y no le gustaba dejar que cualquiera pudiera hurgar en sus avances. Ni siquiera su propio equipo.

Sobre la mesa acristalada había varias hojas dispuestas que contenían los análisis de los que me había hablado y me los tendió.

—¿Son de las últimas muestras cotejadas?

—Exacto, fíjate bien en los resultados, justo en este parámetro. —Abrí los ojos asombrado, el patrón se repetía en cada una de las hojas, aquello era un gran avance.

—Es increíble.

—Lo sé, fue Winni quien sugirió que cambiáramos el método de análisis y fíjate, esto nos da un nuevo prisma para acercarnos a la cura.

—El corazón me dio un vuelco al oír el nombre de Duendecilla.

—Esa chica es muy lista —susurré con admiración.

—Lo es, además de trabajadora, podríamos decir que se ha vuelto imprescindible en el laboratorio, por eso quiero que lo hagáis juntos y que investigues con ella, puede ayudarte con tu prototipo.

—La «Lanzadera» es un proyecto muy embrionario. —Era una propuesta que necesitaba muchísimo desarrollo.

—Estoy de acuerdo, por eso es mejor asentar unas buenas bases. Todo nace en algún momento, y pienso que con lo brillante que es la señorita Weber, puede darte algunas ideas sobre las que incidir con mayor precisión. Siempre es bueno rodearse de gente que suma.

Quizá no era tan mala idea. Liam había sugerido que dejara de comportarme como si necesitara clases particulares; si le demostraba a Winni que bajo mi pelazo de anuncio había un cerebro tan maravilloso como único, puede que le diera un motivo para hacerse otra opinión más acertada sobre mi persona, y la acercara a mí en lugar de que le dieran ganas de salir huyendo.

—Me parece bien, como tú dices, es bueno rodearse de los mejores.

—Ya lo imaginaba, además me gustaría que los dos me acompañarais a Sídney. Dentro de seis meses y medio me entregan un premio en el congreso de genética-médica, habrá unas conferencias muy interesantes de las que podéis nutriros. Para Winni supondrá un premio al esfuerzo y para ti, una presentación con mis colegas del gremio; me gustaría presumir de hijo.

—Será un honor, madre.

—Hazme un favor, no le digas nada todavía a Weber, aunque sea muy discreta, no quiero que se filtre la noticia al equipo de que ya la he escogido. Prefiero motivarlos a todos, por lo que comunicaré que una persona del laboratorio nos acompañará como mérito a su esfuerzo en el trabajo, así los tendré en tensión laboral, dando lo mejor de ellos mismos, hasta que salga el nombre del premiado.

—Eres maquiavélica.

—Soy práctica, hay que mantener la presión para que salgan grandes cosas. A nadie le amarga un dulce y muchos se están durmiendo en la parra. Ella es quien más lo merece, no basta con que el resto se ponga las pilas estos meses, así que no voy a cambiar mi decisión de que sea Winni quien venga, ocurra lo que ocurra.

—Tú la conoces mejor que nadie, así que seguro que es la opción más acertada.

—Me gusta que confíes en mi palabra y no cuestiones mis decisiones.

—No tengo por qué hacerlo, eres mi madre y siempre quieres lo mejor para mí y la empresa. Si no tienes nada más que decirme, voy a buscar a mi nueva compañera de proyecto. —Ella sonrió abiertamente.

—Ese es mi hijo, no puedo sentirme más orgullosa de ti.

—Y de Noah —apostillé, no quería llevarme todo el mérito, mi hermano también estaba trabajando mucho, aunque fuera en otra área—. ¿Te ha hablado de lo que se le ha ocurrido para recaudar fondos y que podamos comprar esa máquina nueva a la que le habías echado el ojo? —Su expresión se demudó, mamá continuaba decepcionada porque Noah no hubiera seguido sus pasos.

—Seguro que lo es, ya me lo contará cuando esté menos ocupada, ahora hay que trabajar. Tú y yo vamos a hacer historia.

—Una que no se construye sin dinero —puntualicé, devolviéndola a la realidad de la importancia de lo que iba a hacer Noah.

—Por supuesto, el dinero ayuda, aunque no es lo más importante, este proyecto no saldría adelante sin cerebros como los nuestros, y ahora ve a por Winni, el tiempo es nuestro mayor enemigo. —Era su manera de decirme que no quería seguir hablando de mi hermano y que sería mejor que no insistiera.

—Muy bien, voy a por ella, ¿puedo llevarme los informes?

—Para eso los he impreso. Los tres haremos grandes cosas juntos. —Sabía que en ese número no estaba Noah y eso me escocía. Moví la cabeza asintiendo, no iba a ponerme a discutir ahora, poco a poco se iría asentando todo. Yo haría que mi madre se diera cuenta de lo importante que era mi hermano en la empresa, solo necesitaba tiempo.

Tomé los papeles y salí del despacho.

Estaba llegando a mi destino, y sabía que iba a costarme no decirle a Winni que en seis meses y medio acudiría a ese evento, pero tenía que hacerlo, así me lo había pedido mi madre.

Las palabras de Liam resonaban en mi cabeza, quizá tuviera razón y debía cambiar la táctica, aunque no era algo con lo que estuviera demasiado conforme, siempre había triunfado con mi forma de hacer las cosas. También era cierto que con Winni no estaba funcionando. Intentaría un último movimiento, esta noche la invitaría a cenar, y si tenía que mentir para conseguir que aceptara, lo haría. Si después de hoy la cosa no iba bien, tomaría los consejos de Liam, no tenía nada que perder.

Dylan, en la actualidad

—Ya me siento mejor. —La cara de la chica había recuperado algo de color—. Debo resultarte lamentable, qué vergüenza.

—No pasa nada, te garantizo que no es de las peores cosas que he visto.

—Eso es un consuelo. —Parecía tener un carácter risueño—. ¿Suelen vomitarte mucho por la calle? —Su comentario me hizo sonreír.

—Bueno, digamos que hubo una época en que tuve que sostener alguna que otra cabeza.

—No me lo digas, la de tus amigos saliendo de fiesta. —Definitivamente, estaba mucho mejor. Tenía un carácter afable, era fácil hablar con ella.

—Puede que ellos también tuvieran que sostener la mía.

—Sí, tienes aspecto de haberte corrido más de una juerga… Por favor, perdona el espectáculo, yo… No soporto que hagan daño a los demás, y mucho menos a los animales. No estaba preparada para vivir algo así.

—Nadie lo está, ver la muerte de cerca no es una experiencia agradable. —El recuerdo de Winni y de mi hija ahogadas en la bañera me sacudió de cabeza a pies. Por suerte, la atención de la chica estaba puesta en su ropa y no en mi cara.

—Voy a tener que volver a casa a cambiarme, tengo una reunión importante y no puedo presentarme así en el trabajo.

—Te acercaría si pudiera, pero hoy es mi primer día de curro y no debo llegar tarde.

—No te preocupes, llamaré para que la atrasen y cogeré un taxi. ¡Menudo día! —Se frotó la cara entre las manos, llevaba un maquillaje de lo más cuidado que había quedado emborronado por la sangre.

—Seguro que comprenden que hoy te retrases, una cosa así no pasa todos los días. —Ella volvió a ofrecerme su sonrisa conciliadora. Lo hizo de un modo tan franco que algo en mí se removió, solo había visto una similar una vez, en una época de la cual ya no quedaba nada.

—No pareces de por aquí, tienes un acento inglés algo peculiar.

—A... Nueva Zelanda. —Casi había dicho Australia.

—Mmm, interesante... —Ahora tocaba que me comparara con Momoa—. Oye, me dejarías tu teléfono para hacer una llamada breve, el mío tiene la batería a punto de morir. —Me alegró haberme equivocado, la comparación ya cansaba.

—Sí, toma. —Le ofrecí el terminal sin pensarlo. Nuestros dedos se tocaron una fracción de segundo, lo que impulsó una sonrisa sesgada en su boca. La chica era preciosa, eso era indiscutible. Cogió el móvil e hizo una llamada extracorta, ¿en serio que le había dado tiempo a llamar?

—Comunica. —Me lo devolvió nerviosa y yo lo guardé en el interior de mi chaqueta de cuero. Ella me miró con interés femenino y yo sentí que tenía que irme.

—Perdona, tengo que marcharme —murmuré. El tráfico ya se había reestablecido. Alguien había envuelto el cuerpo del animal sin vida en una toalla y habían acompañado a la mujer llorosa, puede que al veterinario, o a otro lugar.

—Gracias por la ayuda, quizá volvamos a vernos y pueda agradecértelo en condiciones. Esta ciudad es muy pequeña y tiene mucha vida nocturna.

—No suelo salir —la corté.

—Pues, entonces, será en el semáforo, ahora sé que pasas por aquí para ir al trabajo y yo también. Además, el mundo es un pañuelo y yo te debo, como mínimo, un café.

—Ya veremos —murmuré sin intención alguna de quedar con ella. Tenía que centrarme en encontrar a Winni, y no en establecer nuevas amistades.

Ni siquiera quise preguntarle el nombre o darle el mío, le ofrecí un cabeceo y fui a por la moto.

Me puse el casco y di gas, una cosa era que esa mañana no fuera justo de tiempo y otra muy distinta llegar tarde el primer día. Había perdido más de veinte minutos que ahora tenía que recuperar.

Capítulo 7

Equipo nuevo.

Dylan

Llegué por los pelos, con tiempo suficiente de pasar por la máquina de café y cogerle uno a Agna; no tenía ni idea de cómo le gustaba, pero supuse que agradecería el gesto, aunque lo vaciara en la planta que descansaba encima de su mesa.

El móvil me vibró mientras esperaba el cortado. Era un mensaje de un número desconocido.

Número desconocido

Hola. Espero que no te importe la intromisión, soy la chica que salvaste esta mañana. Ahora tienes que estar flipando, tranquilo, no soy ninguna perturbada. Es que me daba algo de vergüenza pedirte el número y pensé conseguirlo con el viejo truco de «tengo que hacer una llamada y no me queda batería» para llamarme a mí misma, y así contactarte; espero que no te importune. En serio, que no soy una chiflada y que solo pretendo que, el día que te apetezca, quedemos para tomar un café y así darte las gracias. Por cierto, me llamo Ali.

Dudé si contestar o no; con sinceridad, su gesto me hizo gracia. En el pasado creo que hasta llegué a usar el mismo truco una vez en la uni, y la chica era maja, por responder no iba a pasarme nada.

Dylan

Espero que las siglas de Ali no sean Asesina Libre e Insaciable ☺. Para ser sincero, creo que es la primera vez que una chica lo usa conmigo, y no, no me molesta, aunque podrías habérmelo pedido. Espero que no te pegaran la bronca en el curro y hayas podido postergar la reunión. No sé si fiarme mucho de una vil acosadora como tú, pero... Me llamo Marc y no sé cuándo podrá ser ese café porque estoy bastante ocupado, la vida que tengo ahora es demasiado absorbente. Espero que te vaya bien el día ☺.

Guardé el móvil en el bolsillo, lo puse en modo vibración, cogí el vaso de café y subí hasta la planta de Recursos Humanos, donde Agna me recibió con una sonrisa resplandeciente.

—Buenos días, Marc, Mr. Becker está esperándote. —Le tendí el café.

—Buenos días, Agna. No sé cómo te lo tomas, así que aposté a uno con leche y azúcar. Ahora viene cuando me dices que lo tomas solo porque eres alérgica a la lactosa. —Su sonrisa se amplió y dejó ir una risita nerviosa.

—Qué va, hasta ahora no hay alergia que quiera cohabitar conmigo. Y debo decirte que has acertado, solo que... —Metió la mano en la cajonera y sacó un frasquito de canela para agitarlo frente a mis ojos—. Me echo unos polvitos mágicos que le dan un puntito al café de máquina.

—Ahora ya sé el secreto de tanta dulzura y vitalidad. —Ella emitió una segunda risita nerviosa—. ¿Puedo pasar? —inquirí, haciendo referencia al despacho del jefe.

—Sí, deja que le avise. —Llevaba puestos unos de esos cascos de teleoperadora, por lo que solo tuvo que apretar un botón e informar que acababa de llegar—. Puedes entrar, ya te dije que estaba esperándote.

—Gracias, nos vemos luego —le guiñé el ojo y accedí al despacho.

Todos los papeles estaban listos, había practicado una firma nueva que garabateé en los espacios que me indicó Mr. Becker.

Cuando terminé, él mismo me acompañó al laboratorio y me presentó al doctor al cargo de una de las investigaciones que estaban llevando a término en la empresa.

Los últimos estudios, sobre la materia de envejecimiento, apuntaban hacia el tratamiento de las células como una enfermedad. Se acabaron las milagrosas cremas de baba de caracol o de veneno de abeja.

El estudio que estaban llevando en la Boehrinbayer iba más allá de la apariencia, apostaban por la sustitución de los tratamientos paliativos —que suprimían los síntomas de las enfermedades relacionadas con la edad— con medicamentos antidegenerativos genuinos. Las principales causas de los cambios que sufren las personas y que están relacionadas con el paso de los años —incluidas las enfermedades— se conocían como «senescencia celular», y era consecuencia de la evolución cuando los organismos sobrevivían a su edad reproductiva normal.

Para que me entiendas, cuando las células ya no podían dividirse, y dañaban el tejido que las rodeaba, era cuando tenía lugar la senescencia. Se trataba de un síntoma más relacionado con el deterioro de la edad, sin embargo, la investigación que capitaneaba el doctor Jacob Britt reveló algo nuevo.

Los experimentos se habían probado con roedores obteniendo unos resultados sorprendentes. Descubrieron que si se eliminaban estas células afectadas, no solo prevenían el envejecimiento, sino que revertían muchos de los síntomas pudiendo invertir el efecto que producían enfermedades tales como el alzhéimer o el infarto de miocardio.

—Lo que está contándome supone un gran avance —admiré ante la explicación del doctor Britt—. Y la quiebra para las empresas cosméticas —anoté.

El doctor rio.

—Como le he dicho, estamos en una fase muy embrionaria del proyecto, así que les daremos tiempo a reinventarse. La disminución de arrugas es lo que menos nos preocupa, aunque pueda ser uno de los efectos adyacentes. Por el momento, nuestra intención es desarrollar fármacos seguros y efectivos que nos ayuden a llegar a una vejez más saludable y activa.

—Eso suena a camino hacia la inmortalidad, ¿para qué conformarse? —bromeé. Él empujó las comisuras hacia arriba. Parecía un hombre afable y muy seguro de sus avances. Debía tener la edad de mi madre y un claro acento inglés. Era hora de soltar una de mis perlas para llamar su interés—. No me gustaría meterme donde todavía no he sido invitado, pero... ¿Están teniendo en cuenta la importancia del sector CpG en su investigación? Hay un estudio reciente que tiene en cuenta el elemento que compone estas regiones del ADN, denominado modificador de cromatina. He leído que puede incrementar o reducir el potencial «anti-envejecimiento» del CpG. Dichos modificadores están destinados a reparar las rupturas de doble hebra que suceden en el genoma, en definitiva, que podría propiciar alternativas genéticas para retrasar los procesos de envejecimiento. Podría complementar su proyecto.

Para encontrar a Winni tenía que reforzar la idea en todos de mi intención por aportar a la compañía, necesitaba hacerme imprescindible dentro de la empresa.

—Sí, estoy al corriente, pero me alegra contar con alguien que sume ideas más allá de las que ya estamos trabajando y le dé al proyecto un nuevo enfoque desde la terapia genética. Ayer Mr. Becker me dejó echar un vistazo a su currículum, y debo decir que me quedé gratamente sorprendido. Si logra ayudarnos a avanzar con sus aportaciones, los dueños de esta empresa no van a permitirle ir nunca —bromeó.

—Bueno, si eso va acompañado de un sueldo acorde con el descubrimiento, no veo un inconveniente convertirme en un buen activo.

—Este nuevo fichaje me gusta —informó el doctor Britt a Mr. Becker.

—Me alegro, voy a dejarlo en sus manos durante el día de hoy, todavía está por determinar en qué equipo de trabajo vamos a ubicarlo.

—Si rinde con la misma rapidez que habla, me lo pido. Tengo una vacante en la que puede encajar de maravilla.

—Tomo nota —admitió Mr. Becker, quien me miraba con interés—. Cuando termine su jornada laboral, pase por mi despacho, cada día comentaremos de forma individual con usted y su formador cómo ha ido todo.

—Perfecto. Había pensado en hacer algo de deporte si es posible.

—No hay inconveniente, pásese cuando termine de hacer ejercicio. Como le he dicho, las reuniones son individuales; primero hablaré con el doctor Britt y después con usted.

—¿Puedo hacerle una pregunta? —cuestioné, mirando a Mr. Becker. Él asintió—. ¿Usted pasa aquí todo el día? Ha llegado antes que yo y, por lo que veo, terminará después —pregunté. No era algo extraño, Noah o mi madre pasaban en la empresa largas jornadas de trabajo. Mi interés radicaba más en saber qué horas estaría vacío su despacho.

—Mr. Becker prácticamente vive en la empresa —aclaró el doctor Britt—. Hay veces que su mujer tiene que venir a buscarlo porque se le enfría la cena —argumentó jocoso. Yo reí ante la broma y el jefe de Recursos Humanos puso los ojos en blanco.

—Le dejo en buenas manos. Nos vemos al final de la jornada. Bienvenido al equipo.

—Gracias, después nos vemos. —Movió la cabeza afirmativamente y se marchó.

—Venga conmigo, Marc, le presentaré al resto del equipo y le asignaré una tarea, a ver qué tal se le da.

—Vamos a ello.

El doctor Britt era un apasionado de su trabajo, se notaba al ver el ímpetu con el que cerraba cada frase y por cómo motivaba a su equipo formado por seis personas. Cuatro mujeres y dos hombres, ninguno de ellos era Winni.

El *mail* que tenía en mi poder era de hacía seis años y el miembro más antiguo de aquel departamento llevaba cuatro, era difícil que supieran algo de ella. El doctor estableció turnos de media hora, mis compañeros disponían de treinta minutos para ponerme al corriente de qué hacía cada uno de ellos, por lo que no tuve tiempo de cotillear, hubiera sido demasiado extraño.

A las tres horas, Agna asomó la nariz.

—Vengo a buscar al señor Talbot para enseñarle dónde está la cafetería y darle un chute de cafeína para que siga rindiendo hasta la hora de comer.

—Señor Talbot, vienen a socorrerle —anunció el doctor Britt. No había parado ni para respirar, me había sido imposible conectar el *pendrive*, pues no estuve solo un instante. Quizá podía sonsacarle a Agna sin que se notara demasiado, no se me ocurría una persona mejor a la que poder sondear.

—Este café está mucho más rico que el de la máquina, pensé que con tanto bombardeo de información, necesitarías un receso. Además, así sabrás adónde tienes que dirigirte a la hora de comer. ¿Te guardo un sitio a mi lado?

—Por supuesto, me encanta comer en buena compañía, y una tan bien informada.

Pedí unas tostadas y un café solo. Agna tomó una macedonia de frutas y otro café con leche, aunque esta vez la pidió de almendras.

—En la máquina no hay vegetal.

—Me lo apunto, el próximo vendré a pedírtelo aquí.

—Me gustan los hombres detallistas, menuda suerte tiene tu chica. ¿Qué tal tu mañana?

—Bien, el proyecto del doctor Britt es muy interesante.

—Aquí todos los proyectos lo son, Alviria, de contabilidad, dice que se le ponen los ojos en blanco cada vez que ve los gastos de los departamentos. No se escatima un solo euro. La empresa tiene unos inversores de lo más generosos.

—¿Quién es el jefe supremo, algún familiar de Bill Gates? —pregunté, dando un bocado a la tostada. Ella se carcajeó.

—Siempre me han hablado de un grupo de inversión, algunas veces Mr. Becker se reúne con ellos, además del jefe de I+D, el director financiero, el de proyectos... Ya me entiendes. Los peces gordos solo se relacionan con los jefazos, se llenan la boca diciendo que los trabajadores aportamos valor, pero nunca se acercan a preguntarnos qué tal estamos.

—Comprendo. —No había encontrado nada en internet más allá de lo que había dicho Agna, y ello no me daba buena espina. Podría ser por muchos factores, uno de ellos que usaran la empresa como tapadera de negocios algo turbios, que los accionistas estuvieran tan podridos de dinero que no les interesaba que su fortuna se hiciera pública, o que algunas de las investigaciones rozaran la ilegalidad. No sería la primera o la última vez que a alguien le daba por jugar a ser Dios.

—No me malinterpretes, aquí se trabaja muy bien —se disculpó a medio camino de llevarse un trocito de piña entre los labios.

—Seguro que sí. Una de mis compañeras de universidad estaba obsesionada con venir a trabajar aquí, tenía un par de años más que yo, quizá te suene, se llamaba Winnifreda Weber Meyer. —Agna arrugó el ceño y negó.

—Ni idea.

—¿Cuánto hace que trabajas aquí?

—Siete años. —Aquello era mala señal.

—¿Y conoces a todos los empleados?

—Bueno, todos sus contratos han pasado por mis manos en algún momento, y te aseguro que de un nombre así me acordaría... ¿Quieres que le pregunte a Mr. Becker? A lo mejor no pasó de la entrevista.

—No, es una tontería. Si no te acuerdas tú y no está aquí trabajando, puede que cambiara de planes o, como dices, no la aceptaron, era simple curiosidad. —Agna no le dio importancia y yo tampoco quise dársela. Ella siguió parloteando sobre la empresa hasta que el descanso terminó.

—Recuerda que hemos quedado para comer.

—Nunca faltaría a una cita contigo. Hasta luego —me despedí, encaminándome al laboratorio.

Durante los quince minutos que duró el descanso, no dejé de fijarme en los rostros de los trabajadores. Puede que Winni hubiera usado ese nombre para firmar el *mail*, pero utilizara el auténtico para relacionarse con ellos en los laboratorios. Brau había intentado cotejar sus huellas con la base de datos de delitos internacionales, sin éxito. Winni no era una delincuente fichada, lo que no sabía si me aliviaba o me resultaba más estresante.

Mi móvil vibró en el bolsillo trasero del pantalón. Lo saqué. Tenía varios mensajes. Un par de audios de mi hermano que los escucharía más tarde, porque duraban varios minutos, y otro de Ali, el cual decidí abrir antes de llegar al laboratorio.

Número desconocido.

Ja, ja, ja. ¿Asesina Libre e Insaciable? Mira que me habían llamado cosas, pero eso jamás. Bueno, puede que lo de insaciable alguna vez, aunque no sé si con la misma intencionalidad que la que sugerías, tendría que oírtelo decir para dilucidarlo, y esa explicación merece un café. No te estreses, estoy segura de que ya encontraremos el momento, además, te debo una muy grande y no me gusta deber favores a nadie. Por cierto, en el trabajo todo bien, no te preocupes por mí, sé cuidarme sola, salvo que atropellen a un cachorro delante de mis narices y necesite a un caballero montado en moto que me recuerde que la gente buena todavía existe. Que tengas un gran día ☺.

Decidí guardarme el número y cambiar el contacto de «número desconocido» a Ali, nunca se sabe cuándo vas a necesitar a alguien en una ciudad donde estás solo.

Me gustaría decir que tuve tiempo para respirar, pero incluso eso me costó. La hora de comer llegó en un visto y no visto, y cuando regresé, el doctor Britt me asignó una tarea específica que él mismo supervisó. Al llegar el final de mi jornada, me aseguró que pelearía para que fichara por su equipo. Al parecer, lo había impresionado, y eso era buena señal, me garantizaba tener un pie dentro.

Él mismo me indicó dónde estaban las instalaciones del gimnasio, hacer algo de deporte mantendría mi mente ocupada. Si esperaba encontrar una sala de veinte metros cuadrados con cuatro pesas y una cinta de correr, estaba muy equivocado.

Allí todo estaba cuidado en extremo, cada detalle denotaba un mimo exacerbado, además de una obsesión por la seguridad. Había cámaras a cada paso, algunas camufladas, otras a la vista, transmitiendo un claro mensaje: «Estamos vigilándoos». Los trabajadores parecían estar más que habituados, no le daban importancia porque no tenían nada que esconder; no era mi caso, tenía que ir con sumo cuidado y encontrar un punto ciego que no contara con una vigilancia tan estrecha para poder meter el maldito USB.

O los jefes eran muy desconfiados, o esa gente ocultaba algo que nada tenía que ver con la Ley de Protección de Datos o la política de confidencialidad de los proyectos.

Las instalaciones deportivas contaban con un gimnasio de unos seiscientos metros cuadrados, con dos salas polivalentes donde dar clases dirigidas y una piscina anexa por si querías hacer unos largos. Además, había una completa sala de pesas que no tenía nada que envidiar a la que yo acudía en Brisbane. Los vestuarios eran espaciosos y contaban con una sauna.

Cuando regresara a casa, le propondría algo así a mi madre, estaría genial tener un lugar como este para los empleados.

Nada más entrar, la chica de la recepción me pidió que le diera cinco cabellos.

—¿Cómo? —Pensé que estaba tomándome el pelo, nunca mejor dicho.

—Tranquilo, se lo hacemos a todos los trabajadores, es un test epigenético, así obtenemos tu perfil y podemos asesorarte mucho mejor sobre tu plan alimenticio. Medimos situaciones de oportunismo microbiano y de toxicidad, así como de sensibilidad a determinados alimentos y aditivos que necesitas dejar de consumir. Con toda esa información obtenida, elaboramos un estudio personalizado que te enviaremos al *mail* de empresa que te han asignado. No te preocupes, es un proceso muy simple, rápido, prácticamente indoloro y automático.

—¿Automático?

—Así es. Ponemos los cabellos sustraídos sobre el oscilador del S-Drive, y la información epigenética se digitaliza y se envía automáticamente a través de una conexión segura de internet a nuestro Centro de Información Digital, por supuesto, con carácter confidencial. En Boehrinbayer cuidamos de la salud de todos nuestros trabajadores.

—No sabía si estaba hablando con una mujer o con una androide.

—Te lo sabes todo de carrerilla. —Ella se encogió de hombros.

—Llevo bastante tiempo en el mismo puesto. ¿Quieres dármelos tú o te los sustraigo yo? Soy muy delicada.

—Yo lo hago, no te preocupes.

—Tienen que ser de raíz. —Puntualizó. Me arranqué los cinco pelos que me pedía y observé atentamente el proceso.

—Entonces..., ¿tenéis a todos los trabajadores fichados por epigenética?

—Exacto. A veces se usan los datos para elaborar estudios específicos, eso sí, siempre se pide el consentimiento expreso del trabajador. —Interesante... Si lograba que Noah me enviara cinco pelos de algún cepillo de Winni, y de alguna manera lograba filtrar su análisis epigenético, podría comparar si en la base de datos de los trabajadores había alguien que se correspondiera con aquel análisis al cien por cien.

—Toma —le tendí—. ¿Te importa que mire? Siento mucha curiosidad.

—Para nada. —Observé concienzudamente el proceso y me quedé con cada detalle. Solo necesitaba que esa mujer estuviera fuera de su puesto para poner el cabello de Winni en la máquina, obtener el *email* de su análisis y tener acceso a la base de datos de trabajadores. Si estaba o había estado en los laboratorios, iba a dar con ella—. Muchas gracias, eso es todo. Bienvenido a Der Gesundheitsclub. Te recuerdo que dispones de una hora y media para estar en nuestras instalaciones. Ahí tienes tu toalla, la llave de tu taquilla y en las duchas encontrarás productos de higiene personal veganos. No hace falta que vengas cargado de casa, y si lo prefieres, puedes dejarnos tu ropa de deporte cuando termines, nuestro servicio de lavandería la colocará en la taquilla una vez esté limpia. Solo tendrás que depositarla aquí dentro de la bolsa que encontrarás en el interior de tu casillero.

—¿Y puedo traerte mi colada semanal? —Ella rio.

—Buen intento.

—Gracias por tu ayuda, Oti. —Leí en su placa.

—Para eso estamos, para hacer agradable vuestro trabajo. —Lo que yo te diga, una autómata.

La hora y media que estuve en las instalaciones deportivas decidí dejar de pensar, necesitaba un rato para mí, y hacer deporte era lo único que me lo permitía. Tras una ducha y la posterior sauna, subí al despacho de

Mr. Becker. Agna ya no estaba y en su lugar había otra chica. En esa empresa había muchísimas mujeres.

La otra secretaria era mucho más seria, no cruzó más palabras conmigo de las estrictamente necesarias. Me dijo que esperara diez minutos, su jefe estaba ocupado con una llamada importante.

Transcurrido el tiempo, el mismísimo Mr. Becker salió a buscarme y me hizo pasar. Me comentó lo impresionado que había dejado al doctor Britt con mi trabajo y que la posibilidad de entrar en aquel grupo quedaba abierta.

A lo largo de la semana, trabajaría con los cuatro equipos restantes y tendría el finde para escoger proyecto, si es que alguno de los demás doctores se interesaba en mí como candidato.

Cuando terminó la explicación, me preguntó por mis sensaciones a nivel personal. Le expliqué que me habían gustado mucho tanto las instalaciones y los procedimientos como la preocupación por los empleados. Alabé la comida ofrecida en cafetería, así como el gimnasio.

—Me gusta saber que nuestras nuevas incorporaciones valoran positivamente el esfuerzo de la empresa en nuestros trabajadores. Por cierto, el viernes vendrá con su mujer a cenar a mi casa —dejó ir con naturalidad.

—¿Cómo?

—Me dijo que el motivo que le trajo aquí era una mujer. Quiero conocerla. —Aquello sí que me dejó fuera de juego—. No se preocupe, será una cena informal, solo estarán mi mujer y mis hijos, nada encorsetado.

—No sé si ella podrá.

—¿Trabaja de noche?

—Puede que ya haya hecho planes...

—Seguro que la convence para que pueda postergarlos, para nosotros es muy importante conocer a nuestros trabajadores fuera del ámbito laboral, forma parte del proceso de selección, si no está de acuerdo... — Sabía lo que venía después de aquella frase.

—Lo... Lo estoy, no se preocupe. ¿Prefiere vino o champán? —Él sonrió trazando círculos con los pulgares.

—Con su presencia y la de su mujer, bastará.

—Cuente con nosotros entonces, allí estaremos.

Salí del despacho con ganas de estrellar mi cabeza contra cualquiera de las paredes. Esperaba que mi vecina no tuviera planes el viernes y pudiera hacerme un favor de cojones.

Katarina

Llevaba un buen rato escondida en la única calle que me permitía ver sin ser vista. Herr Schwartz tenía el día ocupado y hasta la noche no regresaría a casa.

Apenas podía contener el nerviosismo, había dudado en si acercarme o no a los laboratorios, si él me descubría, lo pondría en peligro; no quería que me viera, solo asegurarme de que las imágenes no mentían y que Dylan, pese a todo, había conseguido seguir mi rastro hasta Alemania.

Cada vez que las puertas de los laboratorios se abrían, el pulso se me disparaba ante la posibilidad de volver a ver su cara. Habían pasado seis años desde aquella mañana en la que me dejó sumergida en la bañera con nuestra hija jurándome amor eterno y que éramos las mujeres de su vida.

El estómago se me contrajo ante el recuerdo y ante la visión de una moto negra y roja saliendo del aparcamiento. El conductor llevaba el casco puesto y, aun así, su postura agarrando el manillar y esa chaqueta de cuero en la que más de una vez hundí la nariz hicieron saltar mi voz de alarma. Era cierto, Dylan estaba aquí y Herr Schwartz le había abierto las puertas. ¿Con qué intención? Su presencia solo podía causarnos problemas, tenía que alejarlo como fuera, pero ¿cómo hacerlo sin que me viera, sin que me reconociera? Necesitaba pensar.

Hermano de fuego

Caminé apresurada hacia el coche, lo había aparcado a varias manzanas y sentí el mismo desasosiego que siete años atrás cuando Herr Schwartz me encargó la misión más difícil de mi vida.

Katarina. Brisbane, siete años antes.

Estaba sentada frente a él, mi dueño, su mirada concienzuda analizaba cada dato que le había presentado. Mentiría si dijera que no me sentía nerviosa, me aterraba la idea de que mis avances no fueran suficientes para que Alina siguiera inmersa en su burbuja, ajena a lo que hacía.

Para ella, yo estaba viviendo mi sueño australiano, y en nuestras llamadas semanales me recriminaba que solo trabajara y apenas le enviara fotos. Tan solo veía la cara bonita, lo feo me lo guardaba para mí, no era necesario que viviera otra realidad que no fuera la suya.

Las manos morenas de Herr Schwartz sujetaban con fuerza las páginas llenas de datos. Las pupilas oscilaban saltando de línea en línea hasta que tocaba cambiar de hoja, entonces se humedecía el pulgar entre los labios y pasaba a la siguiente.

Llegó al último párrafo, y cuando lo hizo, permaneció varios segundos con la mirada perdida en la zona no escrita.

Me costó tragar la saliva que se me había acumulado esperando su veredicto. No tenía idea de si su silencio era bueno o malo. Alzó la barbilla y la oscuridad de sus pupilas bañó las mías, engulléndome en ellas, rebuscando en aquel círculo perfecto si había plasmado todo lo que había descubierto o estaba guardándome un as bajo la manga.

—¿Es todo?

—Por el momento, tengo que seguir trabajando, hay piezas que continúan sin encajar y necesito más datos —confirmé en un murmullo. Cuando estaba con él, mi voz perdía algo de firmeza—. Como ya le expliqué, sigo inmersa en otro proyecto, por lo que he tenido que hacer horas extras desde casa, y aquí no cuento con el material para avanzar en la investigación. Sin los útiles del laboratorio es un poco complicado.

—Háblame del otro proyecto. «Lanzadera», ¿verdad?

—Sí, bueno, es más bien un complemento al «Godness», la «Lanzadera» es el vehículo que nos ayudará a remplazar el ADN dañado por el sano. Dylan y yo estamos diseñando el prototipo que revolucionará la industria médica. —Movió la mano para que continuara con mi explicación.

Le hice un resumen de los avances que habíamos hecho mientras él apoyaba los codos sobre sus rodillas, cruzaba los dedos y colocaba la barbilla encima de ellos para escucharme con atención.

Cuando hace seis meses el hijo de la doctora vino a la cafetería con la noticia de que su madre quería que trabajara con él en su proyecto, se me llevaban los demonios. En primer lugar, porque me desviaba de mi objetivo y, en segundo, porque implicaba trabajar muchas horas a solas con Dylan.

Sentí ganas de matarlo cuando aquella misma noche, engañada con la excusa de que su madre quería que los acompañara a cenar para hablar de la «Lanzadera», me vi en un restaurante de lujo delante de una mesa para dos. No le dije nada, simplemente le mostré una falsa sonrisa cargada de ira y lo dejé allí plantado.

Tengo que reconocer que, después de lo sucedido, tenía mis dudas de que funcionáramos como equipo, se me ponía la piel de gallina al pensar en pasar de ocho a diez horas al día a su lado, y cuando al día siguiente de la noticia vi mi silla junto a la suya, creí que me saldría urticaria.

Me equivoqué de lleno, o me habían cambiado al gemelo o la primavera se había adelantado y Dylan había sufrido una metamorfosis de capullo a mariposa.

¿De dónde salía toda aquella inteligencia y rigurosidad en el trabajo?

Vale que de tanto en tanto seguía soltándome alguna de sus gracias, pero lo hacía con menor frecuencia, y cuando veía que tensaba el gesto, cambiaba de tema y seguíamos trabajando.

Descubrí a un Dylan distinto, al que le apasionaba casi tanto como a mí su campo de investigación, que podía mantener conversaciones ingeniosas y tener hipótesis de lo más certeras. Lo que parecía un castigo se convirtió en un desafío, y ahora había dejado de importarme si tenía que hacer alguna que otra hora extra mientras él pedía que nos trajeran una *pizza* porque se nos había pasado la hora de la cena trabajando.

Me descubrí compartiendo anécdotas de su infancia, porque mi vida la llevaba aprendida; lo poco que podía contarle no me pertenecía, y me sentía una traidora en tierra extraña.

Era curioso lo mal que podían empezar las cosas, cómo a veces la vida te sorprendía y te descubrías ensimismándote en el perfil de un rostro demasiado concentrado como para darse cuenta de que estabas empezando a verlo con otros ojos.

Una vez, escuché a alguien que decía que, al principio, todos ofrecemos nuestra mejor versión, esa por la que nos dejamos deslumbrar, pues queremos proyectar lo más atrayente de nosotros mismos, y no es hasta que cae esa primera capa que florece la verdadera esencia de las personas.

A mí me había pasado lo contrario con Dylan, aquella fachada de alma de todas las fiestas, de ligón empedernido y gracioso sin fronteras me había causado muchísimo rechazo, y era ahora que se había diluido mostrando los cimientos de un hombre sólido, un buen compañero, de ideas arriesgadas y humor mordaz; me vislumbré ocultando sonrisas para que no se diera cuenta de que sus bromas empezaban a causarme risa.

Donde antes había fórmulas e hipótesis, ahora titilaban unas pupilas verdes que aceleraban mis pulsaciones. Me descubrí pensando en él, dentro y fuera del trabajo, lo que no vaticinaba ninguna buena señal, nada buena, no podía fijarme en nadie; mi vida era demasiado difícil como para meter en la ecuación al guaperas de Dylan Miller. Por eso, cuando hace un par de noches, tras una cena de hamburguesas y vinos, nuestros labios se unieron tras reír a carcajadas con una anécdota de su juventud, quise que me tragara la tierra, y me disculpé achacando mi actitud al exceso de alcohol, alegando que no estaba acostumbrada a beber. Tenía que alejarme de él, tenía que alejarlo de mí.

Terminé de contarle a Herr Schwartz lo que supuse que quería saber, ensalzando las virtudes de que me dejaran formar parte de la «Lanzadera».

—Te brillan los ojos. —Cerré los párpados abruptamente.

—Em, bueno, es un proyecto muy innovador y creo que puede complementar a la perfección...

—¿Le brillan a él? —me cortó.

—Sí, por supuesto, a los dos nos entusiasma todo lo que estamos logrando y...

—Has dicho que la doctora Miller te ha premiado, que va a llevarte con ella y su hijo al congreso de Sídney y a la posterior entrega de premios. —Conocía esa cara, estaba maquinando algo.

—Así es. Será un fin de semana largo, nos iremos el jueves por la noche y regresaremos el lunes por la mañana.

—Bien. Tíratelo. —Mis pulmones se vaciaron de aire ante la impresión.

—¿Có… Cómo?

—Ya me has oído. —La cabeza estaba dándome vueltas, no podía haber dicho eso, tenía que haberlo entendido mal.

—Me parece que no lo he comprendido.

—Por supuesto que lo has hecho, tienes veinticinco años y sabes todo lo que debes sobre el sexo. No me vengas con remilgos, que ambos sabemos que no eres virgen. —Desvié la mirada con vergüenza porque no me gustaba recordar ese episodio de mi vida—. Piensa en la parte positiva... A ambos os brillan los ojos y eso quiere decir que hay deseo. Con él será más divertido, y si lo haces bien, lograremos meterte dentro de la familia Miller.

—¿Dentro de la familia? —Mi boca estaba entrando en un proceso de desertización.

—Exacto. Si no avanzas en tu investigación es porque te faltan datos, y me da a mí que es porque Patrice es lo bastante lista como para no dejarlos al alcance de cualquiera.

—Yo no soy cualquiera, la doctora Miller confía mucho en mí.

—Mucho no es todo. No te olvides de que la conozco, Patrice es perra vieja y duda hasta de su propia sombra, jamás os daría toda la información para que pudierais darle la vuelta. No basta con que tengas el mayor coeficiente intelectual de su equipo; si no te considera de su familia, va a ser muy difícil que lo logremos sin levantar polvo. Ella es la emperatriz del universo y vosotros un puñado de planetas que giráis en torno a su órbita. Haz que Dylan Miller te desee tanto como para meterte en su cama y terminar en su casa. Descubre dónde guarda la doctora los archivos importantes, consíguelos y despeja las incógnitas, con las piezas correctas, te será fácil descubrir el enigma.

—En el trato no entraba que yo... —Schwartz atrapó mi cara con violencia y chasqueó la lengua en señal de negación.

—En el trato entra todo lo que a mí me dé la gana, ¿o quieres romperlo y que Alina sufra las consecuencias? Tengo un contacto muy interesado que me pagaría una buena suma por ella.

—¡No! —grité horrorizada. A él no le importaba el dinero; si vendía a mi hermana, lo haría para hacerme daño.

—Pues entonces ya sabes lo que tienes que hacer, quiero que lo encoñes lo suficiente para que te invite a su casa, para que pases la noche en ella y puedas meterte en el despacho de Patrice unas cuantas veces. Puede que la primera vez no tengas suerte, por eso es importante que te entierres bajo la piel de su hijo, que se derrita por ti y bese el suelo que pisas. Quiero que lo enamores, Katarina, que pierda la cabeza por ti. Con esta cara no debería costarte demasiado. —Me contempló de arriba abajo. Si él supiera que entre nosotros ya había sucedido algo…—. Dale una vuelta a tu guardarropa, te doy luz verde para que gastes lo que precises, sobre todo, en lencería... A Dylan Miller le gustan las chicas despampanantes, no las ratitas de biblioteca. —El tono que usó me pareció repulsivo. Seguro que lo había investigado en profundidad, me daba asco lo que sus palabras sugerían.

—Está pidiéndome que sea su puta.

—No, no te pido nada, te exijo que lo seas, solo que para él serás mucho más que eso. La única que debe tener claro su papel eres tú. No te enamores, Katarina —me advirtió—, esto solo forma parte del trabajo, tarde o temprano regresarás a casa y es mejor que lo hagas con el corazón intacto. No quiero que me digas que no me preocupo por ti.

—¿Cuándo volveré? —pregunté.

—Ya lo sabes, cuando tengas lo que necesitamos para desarrollar el proyecto desde mis laboratorios. Entonces, desaparecerás del mismo modo en que llegaste, como una estrella fugaz en mitad de la noche, apagando el corazoncito de Dylan con tu partida.

Me soltó la cara y pasó el pulgar bajando por mi cuello hasta alcanzar un pecho. Me dieron ganas de darle un manotazo. Me contuve.

—Busca algo con relleno, no tenemos tiempo de operártelas —sugirió, apartándose para levantarse. Quise coger un atizador y partirle la cabeza en dos. Me apetecía gritar, llorar, golpear a ese Dios en el que creía mi madre, para sacudirlo y preguntarle por qué, qué habíamos hecho mi hermana y yo para merecernos esto—. Me marcho, cumple con mis órdenes y todo irá bien. Sabes que soy un hombre de palabra y cuidaré de Alina en tu ausencia. Espero que pronto me des buenas nuevas.

Se dirigió hacia la puerta y, antes de marcharse, se dio la vuelta.

—Katarina.

—¿Sí?

—No me falles.

—No lo haré —respondí a sabiendas de que era cierto, no podía permitirme el hacerlo.

—*Auf Wiedersehen.*

—*Auf Wiedersehen* —respondí, despidiéndome en alemán. ¿Cómo iba a ser capaz de hacerle a Dylan algo así? Pensé en Alina y apreté los párpados. «Lo haré por ti».

Capítulo 8

Así planchaba, así, así...

Katarina, Sidney, siete años antes

Nunca había hecho un viaje de fin de semana, y menos uno en el que hubiera tanto en juego.

Las veces que me había trasladado lo hice por pura necesidad, de Kosovo a Bosnia, de Bosnia a Alemania y de Alemania a Brisbane.

Ninguna de las veces por placer, todas con un objetivo, y aunque ahora también tuviera uno, casi podía sentir el entusiasmo hormigueando en la boca del estómago.

Engullía cada pincelada del paisaje a través de la ventana del taxi que nos llevaba al hotel. Embebida en cada doblez y cada destello de la archiconocida capital de Australia.

Catorce minutos de trayecto que me hicieron pasar por Waterloo, Redfern, Surry Hills o el Thay Town hasta llegar al distrito financiero, concretamente, a la York Street, donde se ubicaba nuestro alojamiento.

Patrice había sido muy práctica y reservó las habitaciones en el mismo lugar donde se celebraría el evento.

El Hilton presumía de tener el centro de bienestar más grande de la ciudad, una *brasserie,* que nada tenía que envidiar a las de París —según los expertos viajeros de Trip Advisor—, y la estación de Town Hall a tres minutos andando.

La doctora Miller me comentó que, aunque se tratara de un viaje de trabajo, contaríamos con algunos ratos en los que poder visitar las maravillas de la ciudad. Me apetecía mucho conocer la Sydney Opera House y pasear por las callejuelas estrechas de The Rocks, para ver su mercado y disfrutar de la parte antigua de la urbe.

Esa misma noche se iniciaba el primer compromiso, una cena de bienvenida para todos los asistentes al evento donde tener una toma de contacto en un ambiente distendido. El sábado sería el día más intenso; en cuanto desayunáramos, la mañana se iba a ocupar rellenándose con un montón de ponencias y debates interesantísimos que culminarían a la hora de comer. La tarde se preveía tan ajetreada como la mañana, y la última conferencia la daría, en exclusiva, Patrice. Después tendríamos un par de horas para prepararnos para la cena de gala con la entrega de premios.

La mañana del domingo veríamos demostraciones de algunas de las ponencias y se clausuraría con la comida de despedida. Lo que nos dejaba la tarde libre para hacer turismo. El vuelo de regreso estaba previsto para el lunes a media mañana.

Miré al asiento del copiloto, donde Dylan mantenía una distendida conversación con el taxista. El hombre había conectado de inmediato con la cordialidad de mi compañero de equipo, no dejaba de recomendarle sitios donde ir a comer y que casi ni conocían los nativos.

La doctora Miller no levantaba la vista del móvil, durante el vuelo estuvo repasando su ponencia con el portátil, lo que me había dado mucho margen para meditar e intentar asimilar la información que había encontrado en internet de cómo suscitar el interés en un hombre. Nunca había flirteado con nadie, estaba muy pez, y el tonto ligoteo que había mostrado Dylan en el pasado, se había disuelto en una cómoda complicidad, por eso dudaba mucho que el beso de hacía unas semanas fuera porque realmente estuviera interesado en mí, siempre pensé que su tonteo se debía a que sabía que me molestaba que lo hiciera. ¡Como para llevar a cabo los planes de Herr Schwartz!

El fin de semana anterior fui de compras como sugirió, no era una mujer de ir de tiendas, prefería hacerlo *online* y que las prendas llegaran a casa. Vaqueros, mallas, jerséis, tejidos de punto que no tuviera que planchar era todo lo que precisaba en mi armario. Y la ropa interior, cómoda y de algodón, sin puntillas o tangas asesinos que me crucificaran bajo el pantalón. No buscaba gustar, en mi mente no había espacio para perfumes, maquillajes o una colección de zapatos de tacón que no cupiera en mi armario. Eran muy poco prácticos, ¿para qué usarlos? Prefería unas bailarinas, botas o zapatillas deportivas.

Como no tenía idea de qué comprar, tampoco amigas y llamar a mi hermana estaba descartado, hice lo que mejor se me daba: un estudio de mercado sobre moda a través de internet. Encontré múltiples consejos sobre cómo vestir de manera *sexy* y profesional, en las revistas ponían dónde adquirir las prendas y los precios. Elaboré una lista con todo lo necesario a posteriori de perder media hora dilucidando si era pera, manzana, rectángulo, reloj de arena, triángulo, triángulo invertido o rombo. ¡Por todos los santos, hacía falta un máster en trigonometría para ver qué tipo de ropa encajaba con tu cuerpo! Para que luego dijeran que la moda era frívola.

Antes de salir de casa, me aseguré de que disponían de las prendas seleccionadas en las tiendas que pensaba visitar, no quería perder el tiempo. Incluso me hice una ruta teniendo en cuenta el tráfico de Brisbane y las estadísticas de las horas punta de los establecimientos. No iba a derrochar ni un segundo de más en el vestuario. Pacté con un taxista que fuera mi chófer toda la mañana, no me veía yendo en bici cargada de bolsas, no hubiera sido práctico.

Mi última parada fue en la perfumería, me decidí por aquella porque anunciaban una clase de automaquillaje con los productos de determinada marca. Era exactamente lo que necesitaba si no quería que Dylan se perdiera en el Picasso de mi rostro.

La chica, que parecía sacada de una pasarela, me ilustró en el arte del maquillaje de mañana, para terminar con el de noche. E intuí que lo llamaban así porque, con todo lo que me había puesto en la cara, era difícil que no me vieran, aunque estuviera a oscuras.

—¿No es demasiado? —pregunté al ver aquella amalgama de colores excesivos—. Me parece que mis poros se están ahogando con tanta capa que me has dado. —Ni siquiera recordaba cuál era mi tono de piel ahí abajo. La chica sonrió.

—Esto es tendencia —aseguró mientras yo contemplaba algo abrumada el ahumado de mis ojos en negro-violeta, las pestañas postizas gigantescas y aquel rojo de labios con el borde perfilado para que parecieran más grandes.

—Parece que me hayan dado dos puñetazos en los ojos y otro en la boca, no estoy muy segura de que esto sea lo que necesito, me da la sensación de haber salido de un combate de boxeo —protesté. Ella se echó a reír.

—Eso lo dices porque nunca te pintas, estás arrolladora. —Si su idea de arrolladora era que me hubiera pasado un tren por encima, sí, lo estaba—. Tranquila, es lo que se lleva en las pasarelas de Milán o París, estás magnífica.

—También se llevan jaulas de pájaros en la cabeza y yo no veo a nadie que lleve una puesta. —Ya te he dicho que me había tragado un montón de revistas de moda y tendencias antes de venir de compras.

—Eso lo hacen para llamar la atención.

—¿Y esto es para pasar desapercibida? —inquirí, señalándome la cara. La chica se estaba impacientando con mi actitud, pero es que yo no me veía.

—Te garantizo que estás irresistible, solo tienes que acostumbrarte. ¿Pagarás en efectivo o con tarjeta? —Extendió la mano sin perder la oportunidad, claramente se había cansado de que le pusiera pegas a su cuadro.

—Tarjeta —murmuré, intentando que los labios se me despegaran de ese *gloss* infernal.

La dependienta puso el kit de muñeca hinchable en una preciosa bolsa con el logo de la tienda, su jefa iba a felicitarla con todo lo que me había endosado para un maldito fin de semana. Me dio unos últimos trucos para que me aguantara la amalgama toda la noche y se despidió de mí diciendo que me esperaba el mes que viene. Yo ahí no regresaba ni loca.

Estaba guardando la tarjeta en la cartera cuando oí mi nombre.

—¿Winni? ¿Eres tú? —Hubiera abierto los labios si el puñetero *pintabocas* me lo hubiera permitido. Alcé la cara de golpe y el emisor del mensaje dio un pequeño saltito hacia atrás de la impresión—. ¡Hostias! ¿Es que planeas matar a Batman? —Una de las pestañas se me descolgó atravesándome el ojo por delante.

—¿Batman? —conseguí vocalizar, soplando hacia arriba para alzarla.

Frente a mí estaba Dylan acompañado por su gemelo y el inseparable de Liam.

—¿No vas de Joker? —cuestionó seguro de que estaba disfrazada. Me quería morir.

—Ehm, algo así... Ya te lo contaré otro día. Disculpad, tengo prisa, nos vemos el lunes.

Me abrí paso entre ellos agachando la cabeza para arrancar de cuajo la maldita pestaña. Pasé de soplarla, dudaba que lo de pedir deseos funcionara con las postizas.

Salí abochornadísima de la perfumería y, sin mirar atrás, le pedí al taxista que arrancara, solo quería llegar a casa y quitarme toda esa mierda de la cara.

El taxi en el que íbamos paró frente al hotel y nos ayudó amablemente con las maletas. Por suerte, no tuvimos que hacer cola para el *check in*.

—Toma, Winni, esta es la tuya. —La doctora me tendió una tarjeta—. Está justo al lado de la de Dylan, a mí me han puesto tres plantas más arriba. Si no os importa, nos vemos aquí quince minutos antes de la cena, he quedado con unos colegas de profesión que hace siglos que no veo.

—Prefecto, no se preocupe, estaremos a la hora exacta, voy a deshacer la maleta.

—Te acompaño, yo haré lo mismo. Hasta luego, mamá. —Dylan le dio un beso en la mejilla a su madre y juntos nos encaminamos hacia el ascensor.

No cabía un alma, nos mantuvimos en silencio, apretujados al fondo, junto a cuatro personas más. Tenía un calor sofocante, pues mi brazo estaba unido al suyo sin opción a apartarlo. ¿Estaría resfriándome? Esperaba que no.

Al llegar a nuestra planta, nos abrimos paso entre la gente. Una de las ruedas de mi maleta quedó atrapada en la ranura del suelo, en el surco donde se cierran las puertas del ascensor, si no fuera porque Dylan se dio cuenta y tiró de ella, mi ropa habría sido triturada.

Las puertas se cerraron y nuestras manos quedaron unidas en el agarre.

Alcé los ojos, solo un palmo nos distanciaba. Desde mi estatura, Dylan podía parecer un gigante muy atractivo.

—A veces hace falta más física que química —bromeó. Y yo quería contestarle que la química estaba desbordando la probeta de mis emociones igual que una botella de Coca-Cola a la que le metes un paquete de Mentos.

—Tenemos que ir a la habitación —musité, fijándome en sus labios perfilados. Mi voz salió más ronca de lo que debería.

—Si fuera otra quien me dice eso mirándome como estás haciéndolo, pensaría que es una proposición y ahora mismo estaría devorándote contra cualquier pared. —Sentí cómo los párpados se me pegaban a la cuenca del ojo mientras que los suyos se estrechaban en una inconfundible sonrisa.

—Soy mayor que tú —murmuré a modo de escudo. ¿Qué chorrada era esa? La cabeza me daba vueltas, había sido demasiado gráfico y ahora deseaba ser esa mujer a quien le comiera la boca.

—A mí no me importa que acumules experiencia... —jugueteó. Si él supiera la experiencia que acumulaba... Soltó la maleta y volvió a una expresión despreocupada—. Tranquila, no te pongas nerviosa, que a ti no voy a comerte nada, era broma. Anda, vamos.

Estuve cerca de preguntarle por qué no, si no era lo suficientemente buena, alta o guapa, pero me abstuve, habría sonado muy desesperado. Además, después de plantarle aquella excusa barata del vino, no había vuelto a intentar besarme ni sacado el tema en cuestión.

Me limité a seguirle hasta la puerta.

No estaba haciéndolo bien, nada bien. «Maldije para mis adentros mi falta de habilidad amorosa». Para que tuviera éxito necesitaba un milagro.

—Esta es la mía —advertí frente a la puerta.

—Ya veo. Este finde somos vecinos, ¿recuerdas? —Asentí—. Si necesitas un poco de sal, o de azúcar, solo tienes que llamar a la puerta.

—¿Eso no te lo trae el servicio de habitaciones? —Él soltó una carcajada ante mi ingenua pregunta.

—A veces eres tronchante. Nos vemos luego. —«Ahora debo decir algo ingenioso en plan... ¿Y por qué no seguimos viéndonos ya...?». Mientras hacía conjeturas, él pasó de largo. «Tonta, tonta, eres una tonta rematada», me fustigué—. Cualquier cosa que necesites, estoy aquí al lado. Hasta la vista, vecina. —Recalcó la última palabra entrando en su cuarto. Tenía ganas de darme cabezazos. Lo imité y pasé a la mía. Las cortinas estaban descorridas y la luz entraba a raudales, tuve que cerrar los ojos ante el impacto. Era la primera vez que estaba en un lugar como aquel. Lo que me hizo observarlo todo con el detenimiento de quien no ha estado jamás en un hotel.

La habitación no me pareció grande en exceso, si la comparabas con la gigantesca cama donde cabrían cuatro como yo holgadamente. El ventanal estaba al fondo, al lado de una práctica zona de trabajo. La decoración era sobria, pensada para relajarse, con algunos cuadros en las paredes que otorgaban color a los tonos grises de suelo y paredes. La moqueta era muy mullida.

Lo primero que hice fue escribir un mensaje a Herr Schwartz para decirle que todo estaba en marcha, lo borré y escribí tres veces, no quería parecer que lo tenía todo controlado cuando no era el caso, aunque tampoco tenía que parecer que estaba descontrolada. Cuando tuve el correcto, pulsé enviar. Lo siguiente que hice fue sacar la ropa de la maleta y cruzar los dedos para que no se me hubiera arrugado nada. Seguí un tutorial de una *youtuber* que lo prometía. Cuando levanté la tapa y vi el estado del traje y las blusas, me juré que jamás haría caso a una chica que se llamaba a sí misma Rita Manitas.

Mi ropa parecía un acordeón, ni la mejor crema antiarrugas mejoraba eso. A ver de dónde sacaba yo una plancha para solucionarlo, además de un tutorial para aprender a usarla. Si es que debería haber traído cosas de punto...

Cuando abrí el armario para colgarlos, me sorprendió que hubiera una encima de la balda, casi grité de la alegría. Qué previsores eran estos del Hilton. Quizá no era la primera desesperada a quien le ocurría y el hotel ya contaba con ello.

Estaba de suerte; plancharía la ropa y después la colocaría, usarla no podía ser muy difícil. Enchufarla y deslizarla por encima de la ropa. Cuando me puse manos a la obra, el aparato no funcionaba, hoy tenía la negra. Fui a levantar el teléfono para llamar a recepción, pero tampoco iba, quizá se tratara de un fallo eléctrico o una señal divina de que tenía que pedirle ayuda al vecino de al lado. Sonreí ante la ocurrencia, decididamente, llamar a Dylan era la mejor idea de todas.

Tardó un poco en abrir, puede que le hubiera pillado en mal momento o...

¡Oh, Dios mío! Mi boca decidió hacer *puenting* junto a mi vagina.

—Vaya, no esperaba que se te acabara la sal tan rápido, perdona que te abra así, estaba duchándome, esta mañana se me pegaron las sábanas y no me dio tiempo... —¡Por todos los músculos del universo! A ese hombre le habían dado la colección completa, no le faltaba uno. No sabía en qué lugar fijar las pupilas y que no supusiera morir por combustión instantánea. Todo era demasiado tentador, desde los mechones castaños donde el agua se contoneaba, a la cara *sexy* de mandíbula cuadrada, o ese torso cubierto de líquido serpenteante—. Winni, ¿estás bien? ¿Pasa algo? —¿Si pasaba algo? ¡Pasaba todo! ¡Y tenía órdenes de hacer cosas, muchas cosas con ese cuerpo!

—Sí, eh... Te necesito —musité con los ojos en su ombligo, era tan redondo y perfecto.

—Estás mirándome un lugar que no tengo claro qué necesidad debo cubrir... —Alcé la vista muy sonrojada.

—Perdona, no esperaba que me abrieras así... Intentaba centrarme y un círculo me pareció la mejor opción. No me funciona nada en la habitación, ni el teléfono, ni la plancha…, y pensé que quizá tú...

—¿Podía devolverte la electricidad con mi chispa? —propuso sonriente. Asentí procurando no ser inapropiada con mis miradas que clamaban arrancarle la toalla a gritos—. Le echaré un vistazo, ¿te importa si me visto antes? No quiero incomodarte. —¿Incomodarme? ¿A quién podía incomodarle un hombre así? «A ti hace casi siete meses», murmuró mi conciencia que era una traidora.

—Sí, te… te espero aquí.

—No tardo.

Tenía calor, muchísimo calor, y una necesidad extrema de calmar mi sed pasando la lengua por todas aquellas gotas de agua. ¿De dónde salían aquellos pensamientos? Ni yo misma lo sabía, solo que estaba ocurriendo y lo peor de todo era que no quería detenerlo. Por primera vez, tenía ganas de cumplir una de las órdenes de mi dueño, aunque el precio fuera muy alto.

Dylan salió con unos vaqueros desgastados, un jersey finito color verde musgo con cuello de pico y calzando unas zapatillas de lo más deportivas. Ay, mi madre, la ropa casual le sentaba de vicio.

—Vamos a ver esos problemas eléctricos, ya sabes que soy un hombre de recursos.

—Si lo prefieres, bajo a recepción, no pensé mucho, tal vez no debí llamarte.

—Estoy aquí para ayudarte, no sufras, Duendecilla. —Había empezado a gustarme que me llamara así, sabía que lo hacía desde el cariño y no desde la burla.

Entramos en mi cuarto y fui directa a la plancha para mostrarle el problema.

—Mira, fíjate, no funciona. —Conecté el aparato a la corriente. Escuché una ligera risita a mis espaldas.

—¿Puedo preguntarte una cosa? ¿En cuántos hoteles te has alojado? —Me giré sin comprender y algo avergonzada dije:

—Este es el primero.

—Eso explica muchas cosas, vamos a probar algo, a ver si funciona. —Cogió la tarjeta de acceso a la habitación que había dejado en la mesilla y me tomó de la mano para llevarme con él hasta la entrada. Cuando cruzó sus dedos con los míos, se me cortó el aliento. Se dio la vuelta y me enfrentó—. Si consigo arreglar tu problemilla con esta tarjeta de plástico…, ¿admitirás que soy un tipo listo, ingenioso, al que ya no odias y a quien vas a deberle un favor enorme que podré cobrarme cuando quiera? —Puse mirada de no estar muy convencida, que era como se suponía que debería estar, y no deseosa de cumplir con ese favor.

—Vale, acepto. —Alzó las cejas con incredulidad—. ¿Pasa algo?

—Me esperaba una mayor resistencia. No voy a ser yo quien se queje de que me pongas las cosas fáciles. —Me mordí el labio y sus ojos oscilaron hasta él. Carraspeó un poco, me soltó la mano y se arremangó el jersey del mismo modo en que haría un mago—. Fíjate bien. Nada por aquí, nada por allá. —Agitó la tarjeta frente a mis ojos y me pidió que soplara. Lo hice un pelín pudorosa, y entonces llevó la tarjeta hasta un cajetín ubicado en la pared y la introdujo—. Tachán. Mira —susurró, apuntando en dirección a la plancha. El piloto rojo brillaba en ella, señal inequívoca de que ya funcionaba—. Magia. —Su aliento golpeó el lóbulo de mi oreja y tuve la necesidad de cerrar los ojos un instante antes de decir en tono ofendido:

—¡Me has tomado el pelo! ¡¿Por eso me has preguntado si era la primera vez que estaba en un hotel?! ¡No es justo, me has engañado! —exclamé afectada mientras lo enfrentaba. Él me miraba burlón, estaba un pelín agachado, lo que permitía que nuestros ojos conectaran.

—Deberías haber leído la letra pequeña antes de firmar el contrato. Tú me has pedido sal y yo te la he dado, ¿qué más da si poseo una fábrica? —Fruncí el morro—. Ahora viene la mejor parte, quiero cobrarme el favor... —«Que sea un beso, que sea un beso», aullaban mis hormonas enloquecidas mientras fingía estar molesta.

—¿Qué quieres? —No podía dejar de pensar en su boca sobre la mía, ¿a qué sabría?

—¿Puedes plancharme la camisa de mañana? Soy muy negado y seguro que la quemo, ya que vas a ponerte con la plancha... —Mi cara debía ser un poema de rima asonante, porque hubiera esperado cualquier cosa menos eso.

—¿Que te planche?

—Dijiste que podía ser cualquier cosa, ¿te parece si te la traigo ahora que ibas a meterte en faena?

—Em, sí, por supuesto, tráela.

No iba a decirle que no sabía planchar y que era la primera vez que iba a ponerme con ello. Sé que puede sonar raro que una mujer con veinticinco no haya planchado nunca, pero en casa de mi dueño se encargaba el personal, y cuando me mudé a Brisbane, opté por erradicar todo aquello que me hiciera perder tiempo.

—Ahora mismo vuelvo.

Salió de la estancia y a mí me dieron ganas de abofetearme, ¿cómo había pensado que me pediría un beso si yo misma me había encargado de dejarle claro que era algo que nunca había deseado? Era una necia, no tenía tiempo ni siquiera de mirar un tutorial, tendría que probar con mi ropa antes de estropear la suya.

¿Qué tenía que hacer para avanzar con él? Pensé en los consejos *online* de cómo ligar con un hombre. Eran algo así como...

Interésate por sus temas de conversación, escúchalo cuando hable, lánzale miradas pícaras y sonrisas dulces... Los primeros consejos los llevaba bien, los últimos tenía que perfeccionarlos. Me había dado cuenta de que cuando intentaba las miradas sexis frente al espejo, se me giraba el ojo, y con esa sonrisa tan poco natural, parecía un anuncio de Corega Ultra.

El que me tenía más desconcertada era el que decía: toma la iniciativa, pero hazte la difícil, ¿y eso cómo diantres se hacía? O llevabas a cabo una cosa o la otra, pero no podía decirle «¿te parece si quedamos?» y en cuanto dijera que sí, argumentar que tenía que consultar la agenda; iba a parecer bipolar. El último *tip* era el más fácil, que no le contara todo sobre mí. Emití una risa sin humor porque todo lo que le conté a Dylan era inventado, ni siquiera mi nombre era de verdad.

Fui hasta la cama y me puse a darle a las arrugas a la vez que intentaba buscar una estrategia más eficiente que las que ofrecía la revista.

*****

El recuerdo volvió al cajón donde lo había encerrado, lejos de mi realidad. Conduje por inercia, ni siquiera recordaba haber parado en los semáforos correspondientes, podría haber matado a alguien por el camino y ni me habría enterado.

Hoy no haría horas extras en el laboratorio, necesitaba llegar a casa y asumir que él estaba en mi ciudad, no sería capaz de concentrarme en nada más después de haber constatado que realmente se encontraba tan cerca y tan lejos al mismo tiempo.

Pulsé el botón que abría la enorme verja de la fortaleza en la que vivía. Una gran y opulenta mansión ubicada al final de la calle Seiterweg, con unas impresionantes vistas sobre el parque Rosenhöhe, que era un lugar habitual de paseo para los amantes de las rosas, o para quienes querían visitar los mausoleos y tumbas de la casa principesca de Hesse.

Cuando era pequeña y mis profesores me dejaban salir con Alina, nos gustaba jugar al escondite. Ella solía fingir que era una princesa en apuros, y siempre terminaba resguardándose bajo el Rosarium, una cúpula ubicada junto al estanque de nenúfares cubierta de ricas vetas de rosas trepadoras.

Aparqué el coche y fui directa a mi cuarto, quería tumbarme hasta la hora de la cena, la cabeza había empezado a dolerme fruto de la tensión. En cuanto mi cuerpo tocó el colchón, la puerta de mi habitación se abrió abruptamente y, como un vendaval, Alina se arrojó sobre la cama con la misma vitalidad de siempre.

—¡Qué suerte que hayas llegado tan pronto! ¡Hace días que no charlamos!

—He venido antes porque estoy agotada y me duele la cabeza, *herma*. —Ella hizo un mohín de decepción.

—Oh, entonces, ¿prefieres que te deje sola? —No me gustaba contrariarla, siempre me sentí responsable de la felicidad de Alina desde la muerte de nuestros padres.

—No, está bien, tienes razón, hace mucho que no hablamos más allá de contarnos en la cena cómo nos ha ido el día. ¿Bajamos a la cocina y me tomo un paracetamol?

—Perfecto, yo prepararé una de esas infusiones de *Hibiscus* que tanto te gustan.

—Esas te gustan a ti, ya sabes que soy más de café —dije, incorporándome sobre el edredón.

—Pero la cafeína no casa con la jaqueca, las infusiones van mejor. Venga, que tengo que contarte muchas cosas de chicas y quiero aprovechar ahora que estamos solas.

Alina me cogió de las manos y tiró de mí para que la siguiera. Me costaba verla como la mujer de veintinueve años que era. Para mí siempre sería aquella niñita que me cargué a la espalda mientras las bombas estallaban a nuestro alrededor. Éramos tan distintas.

Mi *herma* era una mujer jovial, bella, enamoradiza, con un carácter que le restaba años y a mí me los añadía. Sus preocupaciones eran más bien artísticas, resultaba difícil verla triste o turbada por algo más allá de que la inspiración la abandonase. En eso consistía su trabajo; convertir lo feo, lo anodino, en hermosas obras de arte.

Su estudio era la habitación con mejores vistas, decía que la naturaleza la inspiraba.

En cuanto llegamos a la cocina, puso agua a hervir. Yo me tomé la pastilla y me senté en la mesa masajeándome las sienes. Cuando asentó la tetera sobre el fuego, Alina vino hasta mí con presteza, apartó mis manos y colocó las suyas sobre mi cuero cabelludo para darme un masaje que me arrugó hasta los dedos de los pies.

—Mmm, eres fantástica —suspiré—, podrías haber sido masajista en lugar de artista.

—Ya sabes que prefiero moldear arcilla, sigo buscando a algún Patrick Swayze que quiera sentarse detrás de mí en una silla para destrozar un jarrón mientras me la mete. ¿Puede haber algo más erótico en la vida?

—Ahora mismo no se me ocurre —preferí no darle mecha. La palabra sexo estaba descartada de mi vida.

—Eso mismo pienso yo, aunque estoy muy cerca. No tienes ni idea de lo que ha ocurrido esta mañana. —Su entusiasmo me hizo pensar en la reunión que tenía. Dios, qué mala hermana era, no me había acordado abducida por mis problemas.

—Perdona, me olvidé, tenía tantas cosas en la cabeza que no te he preguntado. ¿Qué tal ha ido? ¿Van a exponer tu colección? —Un galerista muy importante había decidido dar un voto de confianza a las obras de Alina.

—¿Eh? Ah, sí. La exposición. Luego te cuento esa parte, no iba por ahí la cosa... —Agitó las cejas—. He conocido a alguien.

—¿En la reunión?

—¡No! ¿Quieres dejar eso de lado? Lo conocí cuando iba a cruzar el semáforo que queda frente a la galería y atropellaron al perro de la mujer de al lado. —Giré la cabeza con rapidez y la miré con espanto.

—¿Te pasó algo? ¿Tú estás bien?

—Sí, ¿no me ves? Esta mañana me asusté bastante, la sangre del pobre animal me estropeó el vestido, tuve que venir a casa a cambiarme, pero lo mejor de aquella grotesca situación fue que lo conocí a él.

—¿Al que atropelló al perro?

—No, Marc no atropelló a nadie, y fue un accidente. Él me socorrió cuando a mí me dio un ataque de pánico en plena calle y me puse a gritar como las locas.

—No era para menos... —suspiré.

—Es que lo vi todo, cómo la rueda aplastaba la cabeza del pobre cachorro, me quedé sin aire...

—No me extraña. —Los horrores de la guerra habían dejado imágenes que jamás pude olvidar.

La tetera silbó y Ali interrumpió el relato para ir al fuego. Sirvió un par de jarritas, de esas de cristal transparente, donde había un depósito específico para prensar las hierbas. El aroma intenso del hibisco llegó a mi nariz. Mi hermana era una fanática de las infusiones, solía decir que en las plantas habitaba todo lo que necesitábamos.

—Toma, le he añadido a la tuya un poco de manzanilla, que va genial para aliviar dolores, y melisa para tu jaqueca, verás qué bien te sienta. Deja que repose en la jarra cinco minutos y después te la sirves en la taza.

—Gracias. —Arrugué la nariz con muy poco entusiasmo. Al contrario que a ella, solo había tres infusiones que toleraba, para el resto de casos prefería tomar una pastillita seguida de un buen trago de café cargado.

Hermano de fuego

Alina se acomodó en la silla de al lado, subiendo las piernas en plan india.

—¿Preparada para que te hable del hombre del que me he enamorado?

—Pero ¡si acabas de conocerlo! —Si hubiera estado bebiendo, le habría regado la cara.

—¿Y? Solo hizo falta que viera una vez la escultura del Rapto de Proserpina para darme cuenta de que jamás observaría algo que me robara el corazón como los dedos de Plutón aferrando aquella cadera femenina. Quiero que Marc me coja de la misma manera. —Resoplé.

—Esta semana es Marc, el mes pasado fue Dieter y el anterior... ¿Cómo se llamaba aquel prometedor artista taiwanés?

—Esto es distinto, Kata. Con Marc sentí la misma conexión que con la estatua.

—Vamos, que te quedaste de piedra. —Su risa cantarina inundó la estancia.

—Al contrario, cometí una locura. —Aquello sí que me preocupó.

—¿Qué has hecho?

—Le pedí el móvil y me hice a mí misma una perdida para mensajearnos. Al principio, se mostró algo reticente, pero en el último mensaje he vislumbrado esperanza, creo que yo también le gusto.

—Menuda novedad, tú le gustas a todo el mundo —me quejé.

—Y tú también les gustarías si hicieras más vida social y menos horas de laboratorio. Este fin de semana vamos a salir juntas. Te pongas como te pongas el sábado es para mí.

—Ya veremos, tengo que hacer muchas cosas.

—¿Qué hay más importante que salir una noche con tu hermana pequeña? Cualquier mujer de ochenta años vive más que tú. —No podía llevarle la contraria porque era cierto. Hizo un mohín de los suyos para convencerme. Cuando ponía esa cara, no podía resistirme.

—Está bien, pero tomamos algo rápido y volvemos pronto a casa.

—Eso ya lo veremos, por ahora, bébete la infusión y deja que siga hablándote de Marc. —Hice rodar los ojos y me dispuse a poner oídos a su nuevo enamoramiento.

Capítulo 9

Ven a cenar conmigo.

Dylan

En cuanto llegué a mi calle, ni siquiera paré para tomar una cerveza en el bar. Fui directo al piso de Gyda para aporrear la puerta y pedirle el favor de que se hiciera pasar por la mujer por la que había abandonado Nueva Zelanda.

Nada más golpeé, ella me abrió sonriente.

—Hola, ¿te pillo mal? Te necesito. —Su mirada cambió a una mucho más atenta.

—Me pillas maravillosamente bien. Pasa, Donatella está con su chico en el salón, así que será mejor que vayamos a mi cuarto.

Saludé a su compañera y a su chico, que estaban metiéndose mano en el sofá sin ningún pudor, y en cuanto entré en la habitación de Gyda, ella me empotró contra la puerta para comerme la boca. Respondí al beso medio sorprendido, y cuando ella se deslizó para bajarme los pantalones, traté de detenerla.

—No he venido para esto —murmuré. Ella levantó la barbilla y sonrió llevándose por delante toda mi ropa.

—Después me lo cuentas —ronroneó, llevándose mi polla entre los labios.

Media hora después, desnudos y saciados, intenté sacar el tema.

—¿Te va bien que hablemos ahora? Necesito que me hagas un favor. —Su mano derecha ascendió a mi cara para acariciarme el lóbulo de la oreja.

—Pide.

—Tienes que acompañarme a una cena de la empresa este viernes, necesito que seas mi chica. —Ella rio.

—¿No quedamos en que nada de ataduras?

—Me he expresado mal, solo necesito que lo finjas. Para que me dieran el puesto de trabajo, me inventé una trola de que había venido a Darmstadt por amor. El jefe de Recursos Humanos parecía de esos hombres que se conmovían ante historias de ese tipo, y ahora me ha invitado el viernes a cenar con su familia para que le presente a esa chica.

—Me halaga que hayas pensado en mí para el papel y lo haría, pero este fin de semana es la boda de mi hermano, ni siquiera voy a ir a clase el viernes por la mañana.

—¡Joder! —prorrumpí. Gyda era mi única opción.

—Podemos intentarlo con Donatella.

—No colaría, necesito que haya algo de química. Además, está su novio, no quiero terminar con la cara partida.

—Podría proponérselo a alguna compañera de la universidad, seguro que no les importaba hacerse pasar por algo tuyo si al final de la cita les regalas un orgasmo tan bueno como el que yo he tenido.

—Déjalo, ya veré cómo me las ingenio. —Me aparté para vestirme y marcharme al piso, necesitaba pensar.

—¿Y si pospones la cena? El finde que viene no tengo planes.

—Veré lo que hago, gracias. —Gyda y yo no nos debíamos nada, por lo que no le importó que tras el polvo me marchara.

En cuanto llegué al piso, escuché el mensaje de mi hermano, en parte echándome la bronca y en parte aliviado. Después, vino el de mis hijos, fue inevitable que se me humedecieran los ojos. Ellos eran lo más importante que tenía en el mundo, y aquel pedacito que me uniría a Winni de por vida.

Volvía a ser tarde para llamarlo por teléfono, y mandé un audio a cada uno. A Noah pidiéndole que fuera a mi casa, tenía algunos objetos de Winni que guardé en el desván, esperaba que en el cepillo de plata que le regalé cuando nacieron nuestros hijos pudiera encontrar cinco pelos con su correspondiente raíz. Era difícil, pero mi única opción. El segundo mensaje fue para mis retoños. Lo tuve que grabar un par de veces porque la voz se me cortaba presa de la emoción.

Hermano de fuego

Pasé el resto de la tarde dándole vueltas a la información que tenía por el momento y a mi falta de opciones en cuanto a la cena del viernes. Podía contratar a una actriz, pero no acababa de verlo. Puede que fuera mejor ponerle una excusa a Mr. Becker el mismo viernes alegando que mi chica se había puesto mala y que, como decía Gyda, lo pospusiéramos a la semana siguiente. Algo se me ocurriría.

Volví a cenar algo de comida precocinada y me tomé un par de cervezas antes de irme a la cama.

En cuanto sonó la alarma del móvil para despertarme, me di cuenta de que tenía un nuevo mensaje. Creí que se trataría de Noah, pero no, acababa de equivocarme.

Ali

Buenos días, Marc.

Aquí la Acosadora, Libre e Insaciable de Ali. He cambiado el primer adjetivo porque lo de asesina me quedaba grande, y lo de acosadora, a juzgar por mis actos, va más conmigo. No sé si te han pitado los oídos, pero le he hablado a mi hermana de ti, espero que no te importe, eso quiere decir que me has sorprendido para bien; a Kata solo le hablo de cosas que me impactan, es una mujer casi tan ocupada como tú, así que intento que no pierda el tiempo con mis banalidades.

Te mandaba este mensaje para darte los buenos días, recordarte que sigues teniendo un vale para tomarte un café conmigo y que sigo debiéndote un favor muy grande que puedes cobrarte cuando quieras.

Hoy estaré en nuestro cruce a la misma hora de ayer, por si te apetece ese café juntos. Hay una cafetería en la esquina que está genial y, bueno..., pensé que a lo mejor podrías hacerme hueco antes de ir a trabajar.

Si no te presentas, no pasa nada, mañana volveré a escribirte, puedo ser un pelín insistente. Si no me bloqueas como contacto, entenderé que no te importa que siga acosándote, y si quieres que esto termine, ya sabes dónde encontrarme.

Espero que no faltes a la «cita», y si faltas, que tengas un buen día. ☺

Aquella chica era de lo más persistente, pensé en bloquearla como me había sugerido, algo me decía que si le abría la puerta a Ali, sería peor que un chicle pegado a una suela, pero, por otro lado, tal vez fuera una posible solución a mi problema del viernes...

Me pasé los dedos por el pelo y decidí que una cita para tomar un café tampoco le hacía daño a nadie. Si veía que era una psicópata obsesiva, bastaba con salir del bar, largarme y no volver a verla en la vida. Ella me debía un favor y yo necesitaba a alguien que me acompañara, puede que incluso llegara a salir bien, solo tenía que dejarle las cosas claras.

Marc
Buenos días, Acosadora, Libre e Insaciable.
Acepto café en nuestro cruce. No te retrases. ☺

Esperaba que con aquel mensaje fuera suficiente. Me puse unos vaqueros, el jersey que tanto me gustaba de color musgo y mi chupa de cuero negro.

No fue hasta que subí a la moto que pensé que había escogido el mismo vestuario que cuando tuve mi primera cita con Winni.

Brisbane, Sídney, siete años antes.

O tenía los receptores escacharrados, o juraría que Winni ya no me miraba como el primer día.

Cuando le abrí la puerta recién duchado, casi podía notar las caricias de sus ojos sobre mi cuerpo. Menos mal que le llamé la atención cuando fue bajando o hubiera notado que algo ahí abajo estaba despertando... Y, ahora, en su habitación...

¡Se había humedecido los labios y miraba los míos esperando que esa fuera mi petición! Juraría que deseaba que se lo propusiera, a pesar de haberme dejado claro tras aquella cena que besarnos fue un error debido a su estado de embriaguez.

Le solté lo de la camisa porque no quería precipitarme, Liam tenía razón y darle margen estaba funcionando. Veía interés en su mirada, que ya no le incomodaba que nos quedáramos hasta tarde trabajando y que, aunque no me dejara que la acompañara a casa, le gustaba el ofrecimiento.

Hoy había conseguido que sus mejillas se colorearan, que me mirara con deseo y quisiera un beso. ¡Era un gran avance! Y si tenía que jugar a desesperarla, para que diera el paso y no acojonarla, lo haría.

Nunca una mujer me había gustado tanto como ella. Era preciosa, lista y movía algo en mi interior que me hacía querer más. Compartíamos nuestra pasión por el trabajo y sabía que en algún momento también lo haríamos entre las sábanas. Winni era muy apasionada con lo que hacía, y estaba seguro de que en el sexo no sería muy distinta. Bajo esa capa de invisibilidad a la que se ceñía, se encontraba una mujer como pocas, y yo tenía la gran suerte de verla. No pensaba dejarla escapar, me limitaría a tener paciencia y no asustarla.

Cogí una de mis camisas, le hice un montón de nudos y los deshice observando mi gran obra maestra. Perfecta. Ahora ya podía fingir que le había pasado un camión por encima.

Regresé a la habitación de Winni, no había cerrado la puerta, solo la ajusté para no tener que molestarla. Cuando la abrí, me recreé en su perfecto trasero en pompa, pues mi querida planchadora estaba usando la cama a modo de tabla. En otra circunstancia, no lo hubiera dudado, le habría bajado las mallas, junto a las bragas, y me la hubiera desayunado hasta que suplicara ser tomada por mí. Ahora tenía que conformarme con ser un simple mirón y soñar que tarde o temprano sucedería. Quién me había visto y quién me veía ahora.

—¡Haz el favor de deshacerte! ¡¿Por qué te arrugas más?! Vamos... Necesito que colabores o me harás quedar como una puñetera mentirosa con Dylan, y ni tú ni yo queremos que eso ocurra, ¿verdad? No tiene que ser tan difícil.

Ahí estaba mi duendecilla, dale que te dale, discutiendo con la plancha, ajena a que me tenía a sus espaldas, pues la moqueta había amortiguado mis pasos. Ahora comprendía su vestuario tan práctico, era una inepta, si ni siquiera salía vapor del aparato... Me dio mucha ternura y ganas de reír, aunque me abstuve.

—Me parece que tu plancha no quiere colaborar. —Winni emitió un grito que la hizo incorporarse de golpe, soltar el aparato e impactar contra mí. Menos mal que no se dio en la cara con la suela. La apreté sin desaprovechar el instante.

—¡Menudo susto! —se quejó.

—Solo había ajustado la puerta, no quería molestar.

—¡¿Y querías que me violaran?! ¡No se dejan las puertas abiertas!

—Dudo que te hubiera atacado alguien viendo tu poderosa arma y lo diestra que eres. ¿A qué temperatura la has puesto? No me extrañaría que se te quemara la chaqueta. —Era imposible, pues estaba demasiado baja, pero me divirtió la cara de susto que ponía.

—¡Oh, mierda! —Winni se deshizo del abrazo, dejé que tomara la plancha y la posara sobre la mesilla.

—Deberías haberme dicho que no tenías ni idea, si ni siquiera echa vapor, ¿cómo va a deshacer una arruga? —Ella se dio la vuelta sonrojada.

—Soy una mujer práctica, no pierdo el tiempo en estos menesteres.

—Me he dado cuenta, y como no quiero que destroces tu ropa ni la mía, voy a cambiar de petición y a solucionar todo este entuerto.

Descolgué el teléfono, llamé a recepción y solicité el servicio de lavandería del hotel, solo el de planchado. No era la primera vez que me alojaba allí. Le pedí a Winni que cogiera el bolso y me acompañara.

Se disculpó en el ascensor por su ineptitud y yo la calmé entre sonrisas. Había cosas mucho peores que no saber planchar, además, estaba jodidamente adorable con las mejillas coloreadas.

Una vez depositamos la ropa en recepción, le tomé la mano y le pedí que viniera conmigo.

—¿Adónde vamos?

—Pues a cobrarme la deuda. Primero, iremos a alquilar un coche, y como no me gusta visitar la ciudad solo, no tendrás más remedio que ejercer de acompañante. —No pareció desagradarle la propuesta, al contrario.

Hermano de fuego

Nos aconsejaron una empresa de alquiler de automóviles que estaba cerca, iríamos paseando.

Era agradable charlar con ella. Aunque no era muy dada a contar cosas de su pasado, sí le gustaba que yo le narrase el mío; hacía muchas preguntas y me miraba soñadora cuando le hablaba sobre mi relación con Noah.

—¿Tú no tienes hermanos verdad?

—No, soy hija única, aunque siempre quise tener uno. Debe ser alucinante formar parte de un binomio como el vuestro.

—Es una sensación un poco extraña. A veces querrías estar solo, y cuando lo haces, echas de menos al capullo de tu hermano. Noah y yo somos muy distintos, aunque nuestro físico sea el mismo. Y eso nos complementa, no lo cambiaría por nada del mundo, no importa si en ocasiones no compartimos la misma opinión, lo importante es que nos respetamos y apoyamos.

—Eso es muy bonito. —Me hubiera gustado decirle que ella sí que era bonita. Me aguanté.

Entramos en la tienda y salimos con el último coche que les quedaba, un utilitario con marchas al que le fallaba el aire acondicionado. Mejor eso que nada, no me apetecía perder el tiempo en busca de un coche con mejores prestaciones. Como decía Winni, mientras nos llevara y pudiéramos abrir las ventanas, bastaría.

—¿Hay algún lugar que te apetezca visitar? —le pregunté a mi compañera de viaje. Ella se mordisqueó el labio—. Anda, confiesa, te dejo mirar el móvil si quieres. Yo había pensado en llevarte a ver la Sydney Opera House, aparcar por los alrededores y dar un paseo por The Rocks, hay muchos sitios donde picar algo y el taxista me dijo unos que no conocía, pero si prefieres...

—Es perfecto —suspiró, mirándome con ternura, como si hubiera acertado de pleno. Bajó un poco la voz—. ¿Sabes que esos sitios eran los primeros en mi lista?

—Vaya, a ver si el tiempo que pasamos juntos ha creado entre nosotros algún tipo de vínculo mental, como me ocurre con Noah.

—¿Me ves como a tu hermana? —Golpeé mi barbilla con el dedo índice y arriesgué.

—Nunca podría verte como a mi preciosa hermanita, seguro que me detenían si pudieran leer mi mente. —Vi un amago de risilla congelado en el quicio de su mirada.

—¿Y eso por qué?

—Información reservada —murmuré, dejándola con la miel en los labios. Por una vez, parecía querer escuchar aquello que quería decir, y yo quería reservarlo para más adelante.

Nos habíamos subido en el coche y no podía dejar de contemplarla con hambre, era mejor que me centrara.

—Voy a arrancar el motor, porque si seguimos aquí parados, no vamos a ir a ninguna parte.

Ella me ofreció un alzamiento de comisuras que me supo a gloria, cada vez le salía con mayor soltura. No me importaba con cuántos hombres hubiera estado, yo era el menos indicado para darle importancia a esas cosas, pero me daba la sensación de que a muy pocos le había ofrecido una sonrisa, y yo quería ser la causa de todas ellas.

Puse la radio y dejé que *Happy,* de Pharrell Williams, nos contagiara con su entusiasmo. Hoy estaba tan positivo que parecía un puto protón.

Entramos en el *parking* subterráneo de la Sydney Opera House, preferí ser práctico y que no le pasara nada a aquel utilitario que parecía querer pasar a mejor vida en breve.

Si tuviera que usar una palabra para definir ese lugar era «impactante», también lo percibí en el entusiasmo de la mirada de Winni, además de en su *¡wow!* exclamado a media voz.

Insistí en hacerle alguna foto de recuerdo, pero dos personas que pasaba por allí se ofrecieron a inmortalizarnos juntos. Imaginé que pensaron que éramos pareja y que no podíamos hacérnosla solos. Iba a rechazar la oferta cuando ella estiró de mi brazo, me ofreció otra tímida sonrisa alentando que me pusiera a su lado y yo creí morir de felicidad.

La pareja nos dijo que iban a hacer una visita guiada en grupo, pero que sus amigos se habían puesto malos, que si nos interesaba quedarnos con las entradas que ya estaban pagadas.

Hermano de fuego

Intercambiamos un cruce de miradas y aceptamos, a uno no le regalan todos los días algo así. La visita empezaba en diez minutos y duraba una hora. Verla en sesenta minutos era pura utopía, aunque estuvimos de suerte, pudimos deleitarnos con tres de las siete salas: la Play House, la Concert Hall y la Opera Theater.

Allí se albergaba el mayor instrumento musical mecánico del mundo, que era el órgano de la sala de Conciertos. Tardaron la friolera de diez años en construirlo y contaba con más de diez mil tubos.

A Winni le brillaban los ojos como nunca.

—¿Te gusta?

—¿Bromeas? Mi madre era una gran apasionada de la ópera —confesó en un murmullo—. Siempre nos ponía sus arias predilectas y las tarareaba. Yo me quedaba embobada mirándola. Era tan hermosa.

—¿Tu madre murió? —La vi ponerse rígida ante la pregunta—. Perdona, no quería…

—No pasa nada, no me gusta hablar de ello.

—Lo respeto, disculpa. —Seguimos con la visita, aunque me costó un poco que remontara después de mi metedura de pata.

La siguiente parada fue pasear por el mercado y las callejuelas estrechas de The Rocks, donde hacía poco más de doscientos años arribó la primera flota de prisioneros enviada por el gobierno británico.

Caminar por sus calles empedradas de regusto colonial hacía que te sintieras un viajero que había dado con la fórmula para retroceder hasta finales del siglo XIX.

El mercado estaba lleno de bullicio y alegría, en sus puestos podías encontrar antigüedades, artesanías, joyas, cuadros y todos los artículos imaginables, además de puestos de fruta y verduras.

Fue un paseo que disfruté a conciencia, y cuando la mano de Winni rodeó mi brazo, ante mi sugerencia de que lo cogiera para no perdernos, una nueva oleada de júbilo me recorrió por entero.

Anduvimos por las laberínticas y empinadas callejuelas, mi compañera se detenía a curiosear en las numerosas galerías de arte, pasando de largo los locales de música en directo y restaurantes de última moda que le daban al barrio un ambiente muy bohemio.

—¿No tienes hambre? —pregunté alertado por el rugido de mis tripas mientras ella admiraba un óleo pintado en grises y naranjas. Yo no entendía mucho de arte, pero me sugería una ciudad en llamas.

—Sí, perdona, es que algunas pinturas me resultan de lo más evocadoras. —La miré a ella, pues no había una obra de arte mayor que su rostro.

La conduje hasta uno de los bares que me había comentado el taxista para degustar, el Fish at The Rocks, un establecimiento cuya parte de arriba gozaba de una pequeña terraza donde disfrutar de las vistas.

Nos dejamos aconsejar por el camarero y pedimos el plato característico del chef, un *baramundi* deshuesado entero que se derretía en la boca por completo, además de una excelente mariscada de degustación para compartir, acompañada por un par de cervezas locales. Winni dijo estar a reventar, pero yo no quería irme sin probar una porción de pastel de chocolate y almendras, con crema de vainilla y un caramelo naranja quemado, que pensé sabría como sus besos. Le pedí una segunda cucharilla al camarero y me derretí al verla saborear cada bocado con tanto placer.

Regresamos al *parking* de la Sydney Opera House con un paseo que aligeró el festín que nos habíamos metido. Se la veía más relajada que de costumbre, le pregunté sobre la universidad, sus sueños de futuro y, para rematar, por sus relaciones.

Dudó un poco, no se la veía cómoda respondiendo, y, aun así, admitió que, aunque pudiera resultar extraño, nunca había mantenido una relación; se había volcado tanto en ser la mejor que aparcó su vida sentimental.

—Pensarás que soy anormal —musitó cabizbaja. Me detuve en seco y ella hizo lo mismo por imitación. Me tomé la libertad de acariciarle la mejilla, la tenía tan suave. Esperaba un manotazo que no llegó, solo una mirada de vergüenza por sentirse diferente.

—No te hagas esto.

—¿El qué?

—Sentirte mal por haber vivido tu vida como te ha apetecido. Da igual si has salido con un chico, con veinte o con ninguno, lo único que importa es que hagas aquello que sientes, y créeme si te digo que no voy a juzgarte por eso. Noah es un poco como tú, le cuesta relacionarse, sin embargo, cuando se entrega a alguien, lo hace con todo el corazón. Tendemos a juzgar lo que desconocemos, por miedo, por ser distinto, pero yo no te temo, Winni.

Ella me miraba absorta, del mismo modo que con los cuadros de las galerías. Separó los labios para decir algo y después volvió a cerrarlos; puede que por primera vez la hubiera dejado sin palabras, y eso era buena señal.

—Vamos a por el coche o pagaré una fortuna de *parking*.

—Si quieres, lo pago yo, tengo dinero —comentó con apuro.

—Es broma, Duendecilla, corre a cuenta de la empresa. Es solo que quiero llevarte a otra parte. —Crucé mis dedos con los suyos notando un placer extremo al tenerla cogida, ella no deshizo el agarre.

Sonreí por dentro, íbamos francamente bien. Nuestras carreras profesionales eran fruto del ensayo-error, del mismo modo que los grandes descubrimientos. Yo ya había cometido todos los errores posibles con ella, así que iba a por los aciertos y a convertirla en el mayor descubrimiento de mi vida.

Winni era una mujer muy cabal, tenía una sensación que no lograba sacarme de encima, me daba la impresión de que nunca fue niña. Tuve un amigo en la universidad que lucía la misma mirada, la de unos ojos que habían visto demasiado, que no tuvieron la ocasión de ilusionarse por cosas banales, porque le habían arrancado la oportunidad de hacerlo demasiado pronto. No le gustaba hablar de su pasado, se ponía en guardia, su cuerpo se agarrotaba y una mueca difícil tomaba su expresión, lo mismo ocurría con Brad.

En su caso, su padre era alcohólico y drogadicto, le pegaba unas palizas tremendas a su madre, la obligaba a prostituirse para costear sus vicios, hasta que ella logró escapar con él y su hermano pequeño.

Vivieron de la caridad un tiempo, él crio prácticamente a su hermano y eso lo hizo madurar de golpe. No sabía qué le había ocurrido a Winni, esperaba que no fuera algo así y lograr que algún día tuviera la confianza suficiente en mí como para contármelo.

Brad tampoco había ido a un hotel, o a un parque de atracciones, y cuando fuimos a uno, no olvidaré aquella expresión nunca.

—¿Dónde estamos? —cuestionó Winni frente a la enorme cara de boca abierta enmarcada por dos gigantescas torres que teníamos enfrente y nos daba la bienvenida al Luna Park.

—En un parque.

—Ya, pero... esto es para críos.

—Olvida los peros, estás aquí, en Sídney, conmigo, en un sitio al que no sabes si vas a regresar, por lo que te invito a que te olvides por un día de lo que es correcto o lo que no. Libérate, conecta con esa niña que aún vive en ti y esa emoción que solo te otorga la primera vez que haces algo novedoso. —Ella parpadeo.

—Pero...

—Ya te he dicho que esa palabra está prohibida, recuerda que estás pagando tu deuda y este sitio es lo que considero que necesitas. Quiero estar aquí, contigo, y tú también vas a querer —apunté con convicción.

Winni volvió a observar la grotesca figura de colores brillantes. Teníamos que atravesarle la boca para entrar. El resto de personas lo hacían sonrientes.

—Está bien, si no hay más remedio... —suspiró resignada.

—Te garantizo que va a ser una experiencia inolvidable.

—No lo pongo en duda.

Volví a cogerla de la mano y, como si fuera el acto más natural entre nosotros, permitió que sus dedos se trenzaran a los míos de nuevo y dejó ir otro suspiro mientras la llevaba al interior del parque.

Procuré que nos contagiáramos de la energía del lugar, allí la felicidad se palpaba. Era un sitio para divertirse, reconectar con la despreocupación y la inocencia de la infancia. Solo hacía falta detenerse a observar para cosechar sonrisas por todas partes.

Hermano de fuego

Winni paseaba la mirada por cada una de las atracciones y los rostros animados. Era muy observadora, callada, normalmente no hablaba si no es que tuviera algo importante que decir. Se veía a la legua que era una mujer inteligente que huía de las banalidades, y eso la hacía estar en un corsé autoimpuesto que yo quería desatar. Ser listo no estaba reñido con poder hacer el payaso o divertirse.

—¿Te gusta lo que ves? ¿Habías estado antes en un lugar así? —Tenía curiosidad por su respuesta.

—No. Una vez mis padres me llevaron a una feria, durante unas fiestas de mi ciudad. No era tan grande, había pocas atracciones, una cama elástica, un lugar donde cazar patos, un puesto para disparar con escopetas trucadas, o eso decía mi padre, y un tiovivo de sillas que se elevaban parecido a ese. —Apuntó hacia el Volare, un tiovivo gigantesco con innumerables sillas sujetas a la atracción por cadenas.

—¿Y te gustó?

—Sí, recuerdo que pensé que aquello debía ser lo más parecido a volar —explicó soñadora.

—Tiene sentido, subamos.

—¿Ahí? —La rigidez tomó su espalda.

—¿Qué ocurre? ¿Tienes miedo de volver a sentirte así?

—Ya no soy una niña.

—Pues hoy quiero que te sientas como si lo fueras, ya sabes que has de pagarme el servicio de devolverle la luz a tu habitación y que no vayas a ciegas.

—Tramposo —me recordó, arrugando la naricilla.

—Vamos a divertirnos —le sugerí, tirando de la mano para pagar y subirnos a las sillas.

La atracción estaba lacada en tonos rojos, azules y dorados. En la parte alta se distinguían rostros tallados de payasos que miraban desde lo alto a los allí congregados. Tenía multitud de bombillas amarillas que relucirían cuando el sol se apagara.

El Volare tenía sillas individuales y dobles. No dudé un segundo dónde quería montarme y arrastré a Winni para que no nos la quitaran.

Escogí una doble, deseaba perderme en todas aquellas expresiones que estaba convencido no podría contener. Hice bien. Cuando la atracción arrancó, juro que la sentí temblar, no de miedo, sino de expectación. Sus pupilas centelleaban, y cuando alzamos el vuelo y percibió el azote del viento en el rostro, la sonrisa más franca y luminosa prendió en su cara haciendo réplica en la mía.

Apenas recuerdo nada del trayecto, solo las ganas de gritar de júbilo al ver su abandono. Mis ojos se perdieron en su vitalidad contagiosa, la que le hizo cerrar los suyos a mitad del vuelo, extender los brazos sintiéndose pájaro y las yemas de sus dedos, plumas. Quise besarla, que volara entre mis labios vislumbrando un mundo nuevo lleno de posibilidades, expulsando cualquier prejuicio que no la hiciera sentirse tan libre como ahora.

Una lágrima de felicidad asomó en la comisura de su ojo, me hubiera gustado atraparla, guardarla en una cajita para tesoros y custodiar la emoción que condensaba aquella perla de agua.

El tiovivo fue perdiendo velocidad y Winni regresó de su particular paréntesis, se limpió la lágrima con disimulo, se la veía un poco apurada.

—Me… Me ha entrado algo en el ojo —se excusó.

—Ya lo he visto, se llama felicidad. —Ofreció una sonrisa trémula a mi respuesta y se agarró a mí cuando la ayudé a bajar de la silla.

—Menudo mareo. —Tenía las palmas de las manos alrededor de mis bíceps, que se contraían bajo su contacto.

—En nada se te pasa, respira poco a poco. —Bajé los brazos, paseé las manos por su cintura y la atraje hacia el cobijo de mi cuerpo. Ella se dejó sostener y juntos abandonamos la atracción. La dejé respirar unos minutos—. ¿Te apetece que subamos en algunas más o nos marchamos? —Ella se mordió el labio y una chispa juguetona hizo que me mirara con cierta animadversión.

—¿Irnos? ¿Ahora? ¿Estás de broma?

Sus preguntas me hicieron sonreír y en un ataque de *buenrollismo* la alcé dándole vueltas como si yo fuera el tiovivo. Ella se carcajeó respirando agitadamente hasta que sus pies volvieron a hacer suelo. Me perdí en el entusiasmo que destilaba su rostro y en el modo en que su mirada buscaba mis labios, con apetito. Tragué con fuerza y saboreé el sentimiento del mismo modo que hice con el postre, con gula.

—¿Dónde nos subimos ahora? —le pregunté, relegando el pensamiento a un segundo plano.

—En todas partes.

—Me gusta tu estilo. Si quieres que montemos en todo, no podemos perder el tiempo.

—Pues no lo hagamos, vayamos a por la siguiente atracción. —Ahora fue ella quien tiró de mí, y yo me dejé arrastrar.

Como era lógico, no nos dio tiempo a todo, pues habíamos quedado con mi madre, y antes de reunirnos con ella, tocaba pasar por la ducha. Eso sí, gozamos cada minuto. Nos subimos en la montaña rusa, en los autos de choque y en unos toboganes extralargos por los que descendías introducido en una especie de saco.

Pusimos a prueba nuestra puntería, que resultó bastante certera. Yo gané un perrito de peluche disparando a los globos y se lo ofrecí a Winni, y ella me devolvió el gesto jugando a lanzar las latas y logrando un osito amoroso de color verde que me regaló.

Por último, nos dejamos caer desde el Hair Raiser, una atracción que ponía a prueba a los más temerosos. Llegué a preguntarle a Winni dos veces si estaba segura de querer subir, pues te ofrecía una caída libre de cincuenta metros a unos ochenta kilómetros hora.

Agotados y satisfechos, salimos del parque para dirigirnos al coche. Ella se cachondeaba del grito que se me escapó cuando el estómago casi se me descuelga mientras ella reía a boca llena.

—¿Ves el coche? —pregunté, buscando el vehículo entre los allí congregados. Al ser fin de semana, estaba abarrotado.

—Me parece que es el que ha decidido camuflarse bajo una tonelada de mierda de pájaro. —No daba crédito, ni a la hilaridad de Winni ni a la pobre tartana que había sido bombardeada a conciencia—. ¿Sabes que si quieres devolverlo intacto has de pasarlo por el túnel de lavado? El ácido de los excrementos de pájaro es muy corrosivo.

—Gracias por ilustrarme con su clase sobre la caca de pájaro, señorita Weber Meyer, ahora tendremos que correr, mi madre lleva fatal eso de llegar tarde.

—Y yo también —puntualizó—, aunque hoy podría darme igual, estoy demasiado eufórica como para que un retraso me importe. —Eso sí que era una novedad, y una que me causaba mucha alegría.

Winni sacó un par de pañuelos de papel del bolso y me ofreció uno para que no me manchara, ella entró en el vehículo doblada de la risa esquivando los churretes que caían por la carrocería. Era un sonido tan maravilloso que ni siquiera me molestó el motivo.

Hacía tanto calor que bajé las ventanillas, Winni se pasó el trayecto bromeando sobre si ese coche era el blanco perfecto, no por el color del vehículo, sino porque los puñeteros pajarracos solo habían atacado el nuestro, los de al lado estaban intactos.

—Puede que estuvieran haciendo prácticas de tiro —se carcajeó mientras yo estacionaba el coche en el túnel de la gasolinera.

—O augurándonos una cena de mierda, tal vez tengan la misma función que las galletas de la fortuna china. —Ella seguía muerta de la risa. ¡Joder, qué guapa era! Mi móvil se puso a sonar como un loco. Antes de ver quién llamaba, ya lo intuía.

—Voy corriendo a por una ficha.

—Si no te importa, te espero aquí sentada. —Asentí y salí a la carrera descolgando el terminal mientras me dirigía al interior de la gasolinera.

Obviamente, era mi progenitora vomitando sapos y culebras por la boca. Al subir a mi habitación y no encontrarme en ella, ni a Winni en la suya, le habían entrado todos los males. Pedí una ficha de lavado extra escuchando sus reproches.

Faltaban veinticinco minutos para la cena y nosotros no llegábamos ni de broma. Pagué la ficha y seguí atendiendo sus quejas. En cuanto llegué al túnel, la metí sin pensar, solo intentaba calmar a la histérica de mi madre asegurándole que haría cuanto pudiera para que no nos retrasáramos demasiado. Me inventé un rollo, que había habido un accidente de tráfico y estábamos en plena caravana.

Hermano de fuego

La máquina se activó y yo me distancié unos metros para seguir debatiendo con ella de si había sido apropiado o no ir tan lejos. No oí los gritos que salían del coche hasta que fue demasiado tarde y el susodicho parecía un merengue espeso. Pero ¿cuánta espuma llevaba el lavado extra?

—En nada nos vemos, tengo que colgar o van a multarme por conducir hablando por teléfono. Te quiero, mamá.

Colgué y dirigí la vista hacia el montón de jabón, y entonces volví a oír aquel sonido agudo. Tal vez a Winni le daba miedo ser engullida por esa masa tan densa.

El agua a presión y los rodillos se enfrentaron a la espuma saliendo victoriosos. Imaginé que al recuperar la visión, Winni ya no gritaría, igualmente no podía meterme en el coche con esa cosa dando vueltas. Me esperé hasta que la opción de secado se activó y fue hacia la parte delantera del capó. La carrocería había quedado impoluta, mucho mejor que cuando nos entregaron las llaves por la mañana.

Me acerqué al asiento del copiloto y entonces entendí tanto alboroto.

¡Me había dejado las putas ventanas abiertas! Me llevé las llaves cerrando por inercia, por lo que Winni no había podido subirlas ni salir del coche. Ahora estaba calada, con restos de espuma flotando sobre la tapicería, las gafas empapadas y parte del pelo levantado como la cresta de un gallo, por la fuerza del aire de secado.

Hice una mueca de «¡ups, la que he liado!».

Esperaba el estallido de ira en cuanto abriera los labios. Acababa de arruinar lo que había conseguido avanzar. Bastó una llamada inoportuna y una ficha de lavado para joder el invento. Iba a disculparme cuando la vi mover los labios y decidí aguantar estoicamente el chaparrón.

Y entonces sucedió, los separó y... Se puso a reír como una loca. La miré perplejo, ¿sería algún tipo de reacción al infierno que había pasado? No sabía cómo actuar o comportarme.

—Joder, lo… lo siento, no pensé en las ventanas, te juro que no ha sido adrede, si quieres, ve a por una ficha y me meto yo, aceptaré cualquier castigo que quieras darme, soy un zoquete. —Ella seguía riendo y riendo, lo hacía tan alto y tan fuerte que terminé contagiado y emití una sonrisa avergonzada.

Se quitó las gafas, se las debió poner para ver algo del móvil. Limpió sus ojos colmados en lágrimas, que ya sea dicho, no eran de vergüenza o tristeza; al contrario, estaba partiéndose de una situación tan inverosímil que le dio un ataque de risa. Seguro que cualquiera de las chicas con las que estaba habituado a salir habrían puesto el grito en el cielo. Ella no, era especial incluso para eso.

Un coche hizo uso del claxon para indicar que sacara el mío, se estaba formando cola por mi culpa. Le hice una señal de disculpa, di la vuelta al coche y ocupé mi asiento, que estaba tan empapado como mi compañera de aventura. No me importó sentarme sobre mojado, era lo mínimo que merecía.

Arranqué el motor y pisé a fondo, esperando que el calor y el aire ayudaran a secar la tapicería.

—Madre mía, Winni, de verdad que no fue a propósito, no me di cuenta, salí por inercia atendiendo la llamada, ni pensé en las puñeteras ventanas y en que te dejaba encerrada.

—No pasa nada, en serio, al principio me asusté un poco, cuando sentí el primer chorro de agua impactando contra mis gafas y esos cepillos enormes buscando arrancarme la epidermis.

—Dios —lloriqueé.

—No te flageles, nadie me había dado nunca un día como este, con fiesta de la espuma incluida —sonrió.

—¿Has estado en alguna? —Ella negó.

—Hicieron una en la universidad, pero yo no acudía a las actividades lúdicas. —Entrecomilló los dedos—. He dedicado mi vida y mi esfuerzo a lo que soy, una aburrida rata de laboratorio.

—¡Tú no eres eso! —me quejé, escuchando el tono desabrido que usaba para hacer referencia a sí misma.

—Lo soy y no pasa nada por reconocerlo, hace tiempo que asumí mi esencia.

—Pues no estoy de acuerdo, cámbiate de gafas. Toma, te presto las mías. —Hice el gesto como si llevara unas puestas. Ella las aceptó sin perder la sonrisa—. Si miraras a través de sus cristales, verías que eres una mujer tenaz, de ideas claras y que mientras algunos nos dedicábamos a hacer «el gamba», tú aprovechabas el tiempo.

—Y me perdía muchísimas cosas...

—Puede que algunas —le concedí—, no obstante, siempre hay solución para eso.

—¿Tú crees?

—Por supuesto.

—Me gustan tus gafas —afirmó y me sentí orgulloso. Cambié de conversación mirando el reloj del salpicadero.

—¿Cuán rápida eres para cambiarte y arreglarte en el estado en el que te he dejado? —La miré de arriba abajo.

—Si esta fuera una ocasión normal, te diría que soy un rayo, pero no lo es, es inviable que llegue a estar presentable para llegar en hora a la cena.

Derrapé para introducir el coche en el *parking* del hotel. Mi intención era pillar el ascensor y subir directos a la habitación. Winni salió chorreando, poco le importaron las miradas absortas de algunos clientes que subían a sus habitaciones al ver su estado. Incluso hecha un desastre estaba preciosa. Bajamos en nuestra planta y llegamos frente a su habitación.

—¿Estás segura de que no te da tiempo? —Ella negó.

—Discúlpame con tu madre, dile que no me sentía bien y...

—Pero no puedes perderte la cena —me quejé—, me sentiría demasiado culpable.

—No debes hacerlo, tendría que hacer demasiadas cosas en muy poco tiempo, llegaría a los postres y eso es mucho peor que no aparecer. —La miré con pesar.

—Lo siento, sé lo importante que es para ti todo esto, la he fastidiado.

—Deja ya de disculparte, ha sido mucho más importante el día que me has regalado hoy, en serio, gracias, Dylan, de corazón.

Hubiera querido quedarme con ella, pedir que nos subieran la cena a la habitación y quién sabe si culminar con un beso. No podía hacerlo, mi madre se molestaría demasiado y no quería tenerla de morros todo el fin de semana.

—Las gracias debería dártelas yo a ti, Duendecilla. Voy a cambiarme como un rayo y pediré en recepción que te suban algo para cenar, llénate la bañera de agua humeante y descansa, mañana será un gran día para todos. —Me acerqué a ella, la tomé de la nuca, ella alzó la barbilla, cerró los ojos y yo deposité un suave y sentido beso en su frente—. Descansa, vecina.

Capítulo 10

La cena.

Dylan

Como Ali había dicho, la cafetería estaba muy cerca, a escasos metros del cruce.

Era un establecimiento acogedor, con multitud de dulces de colores e infusiones de todo tipo. Por suerte, también servían café y no solo bollos glaseados. A Liam le hubiera flipado.

Había estado dándole muchas vueltas y, al final, decidí que ella era mi mejor opción.

Ali me miró risueña por encima del *cupcake* de arándanos.

—¿Seguro que no quieres uno? Son un vicio —preguntó, agitándolo delante de mis ojos.

—Gracias, con el café me basta, soy más de tostadas a media mañana.

—Pues sí que vas a salirme barato.

—No te creas... —murmuré, pensando que no podía permitirme el lujo de seguir dándole vueltas a lo que me había traído a quedar con ella—. Mira, sé que no nos conocemos, pero...

—Dispara —me empujó sin dejar de sonreír.

—¿Cómo?

—Que desde que has aparcado he notado que estabas guardándote algo y que por eso querías quedar conmigo, soy una mujer muy intuitiva. Además, los dos somos mayores, puedes decir lo que quieras, no me ofendo con facilidad, y si hay algo que me disgusta, te lo diré, así que adelante.

—Necesito que me hagas un favor personal, te prometo que no te lo pediría si no me hubiera fallado mi vecina, que tenía un compromiso este fin de semana, y no fuera de vital importancia. —Una carcajada estalló en su boca.

—¿Soy tu plan B para lo que sea que quieras pedirme? —Me rasqué detrás de la cabeza.

—Eso no ha sonado muy bien...

—Sinceridad ante todo, no me importa ser el plan B, a veces pueden llegar a sorprenderte. A ver, ¿qué es eso que necesitas que tu vecina no puede solucionarte? ¿Quieres que te pasee al perro o te riegue las plantas? —Por lo menos, Alina era una chica divertida, resultaba muy fácil hablar con ella.

—Ni tengo perro ni plantas, mi piso es de lo más práctico y solitario.

—Vale, entonces, ¿se trata de quitarte a una acosadora de encima? Eso se me da bastante bien, puedo parecer mucho más loca que ella en cuestión de segundos. —Se puso bizca y a mí me hizo reír. Ella regresó sus ojos color miel a la posición habitual, era muy guapa. ¿Lo había dicho ya? Parpadeé un par de veces para despejar la sensación.

—¿Y si te dijera que es una cena con mis jefes? —Puse cara de «auch» y ella me miró sorprendida.

—Ugh, así que necesitas una *escort*...

—Más bien, lo que necesito es una novia por la que resulta que he perdido la cabeza y me he mudado de continente por ella. —Alina formuló una O con sus bonitos labios rosas.

—Me gusta. El papel de novia también se me da genial, además, es muy romántico, me veo en escena. Soy muy creativa, ¿sabes? —Dejó el dulce y tamborileó con los dedos de su mano derecha el sobre de la mesa para terminar dando una palmada—. Tenemos que conocernos mejor para que sea creíble. Vamos, es necesario que pasemos tiempo juntos, nos sintamos cómodos el uno con el otro y sepamos lo suficiente como para no quedarnos en blanco y que se nos vea el plumero. ¿Cuándo es esa cena?

—¿Eso es un sí? —cuestioné alucinado de que hubiera sido tan fácil.

—Eso es un *of course, baby*. ¿Qué esperabas? Uno siempre tiene que ir a por el sí, el no viene de fábrica. Primero de manual del optimista.

—El viernes, la cena es este viernes —proseguí sin creerlo todavía.

—Has de tener más fe en las personas, Marc. Tú me tendiste la mano sin conocerme, empezando así una cadena de favores, ¿has visto la peli? Es genial, siempre quise hacer una y tú ahora me brindas la oportunidad. Oye, ¿tendremos que besarnos? Lo digo porque no tengo reparos en hacerlo, vamos, que si el guion lo exige, por mí no te cortes, ni sufro halitosis ni enfermedades que se contagien a través de la saliva. —No pude más que esbozar una sonrisa. Alina era una explosión de colores en mitad del cielo gris de Darmstadt.

—Es bueno saberlo. En principio, no es necesario que nos besemos, pero no sé qué decirte...

—Bueno, dependerá de cómo te hayas comportado en tu trabajo, si eres muy efusivo con los compañeros y esas cosas. No sé, si eres muy de contacto físico, no colará que no me toques ni con un palo... —Tenía su lógica, Mr. Becker no me había visto relacionarme con los compañeros, bueno, puede que con Agna sí...

—Lo vemos sobre la marcha, ¿vale? Me parece que bastará con que respondamos bien las preguntas que nos hagan y parezcamos convincentes...

—Y dime una cosa, ¿esa supuesta novia existe? No querría meterme en zona pantanosa.

—Digamos que la usé para que me dieran el trabajo; mi jefe es algo conservador y creí que me daría puntos. La verdad es que vine en busca de respuestas para avanzar en mi vida.

—Comprendo, algo así como encontrarte a ti mismo.

—Algo así. —Miré la hora—. Tengo que irme ya, han pasado los veinte minutos y voy con el tiempo justo.

—No te preocupes, tendremos tiempo después, ¿dónde y a qué hora quedamos para las prácticas? ¿Prefieres que vayamos a tu piso? —Aquella chica era de lo más confiada.

—¿Y si resulta que el asesino en serie soy yo?

—No tienes pinta.

—¿Sabes distinguirlos a simple vista?

—Podría intentarlo, suelo captar el aura de la gente, y la tuya parece bastante limpia.

—¿Te parece si quedamos en terreno neutral?

—Tú mandas.

—Podemos vernos aquí mismo.

—Lo veo bien, este sitio tiene buenas vibras. Por cierto, ¿de qué trabajas?

—Biotecnólogo.

—A mi hermana le encantarías, le chiflan las ciencias, yo soy artista.

—Te pega. —Era cierto, Ali tenía una energía dinámica y a la vez bohemia que te envolvía. Apuré el último trago de café y me incorporé—. ¿Nos vemos a las seis?

—Me parece muy bien, y no pagues el café, que ya te dije que invitaba yo.

—Hasta luego entonces. —Le guiñé un ojo a modo de despedida. Esperaba no estar equivocado y meter la pata con ella, era demasiado maja como para hacerle daño.

*****

Me gustaría decir que resultó complicado que Ali y yo conectáramos, tal vez porque no estaba preparado para que una chica me cayera tan bien después de lo de Winni. Cada tarde que pasábamos juntos se convertía en un rato de lo más agradable en mi desapacible vida, lo disfrutaba de verdad, y ella lograba que volviera a sonreír de nuevo. Y reconozco que me asustaba.

Alina conocía mi «vida inventada» casi mejor que yo, y yo la suya.

Al margen de lo que pudiera parecer, no había tenido una infancia fácil. Ella y su hermana Katarina perdieron a sus padres durante la guerra. Cuando ves algo así en la tele, piensas que puede ser terrible, pero cuando hablas con alguien que lo ha vivido, te sientes miserable frente a los problemas que hayas podido sufrir. Ali recordaba pequeños fragmentos, decía que su hermana lo pasó peor, pues se hizo cargo de ella hasta que las rescataron. Hablaba de Katarina con auténtica adoración, se notaba que ambas hermanas se querían mucho, igual que Noah y yo.

Hermano de fuego

Tuvieron suerte de ser adoptadas por un hombre que las hizo sus hijas sin pedirles nada a cambio, las dos vivían con él, aunque su hermana pasó un tiempo fuera debido a un proyecto en el extranjero. Según Ali, era un cerebrito, y lo que a su hermana la apasionaba a ella la aburría. Katarina se puso a trabajar para su padre en cuanto volvió del viaje. No profundizamos demasiado, ni siquiera le pregunté por los estudios de su hermana o en el lugar que se desarrolló el proyecto. Seguramente, lo hubiera hecho en otro momento, lo que ocurría es que lo que me importaba era construir unos recuerdos sólidos entre nosotros para que Mr. Becker no sospechara. Con saber que tenía una hermana que trabajaba para su padre tenía suficiente.

Por mi parte, le hablé de Noah y Liam, aunque les cambié los nombres por Noel y Liberio, la de risas que nos echamos gracias al nombrecito con el que bauticé a mi amigo.

Cuando Ali me preguntó dónde trabajaba, se mordió el labio. Quise saber si ocurría algo y ella le restó importancia.

—Este lugar es pequeño, si te dedicas a la ciencia en Darmstadt, es normal que termines en una de las tres empresas más importantes de por aquí o dando clases en la uni. Sigamos, que mañana es la cena y no puedo quedar antes, tengo que reunirme con mi agente de la galería.

—Pero ¿podrás venir a la cena?

—Sí, no te preocupes, no voy a fallarte.

El día anterior, Noah me llamó. No tenía buenas noticias, mi expectativa de encontrar cinco pelos con raíz en el cepillo se fue al traste. Todos carecían de ella salvo uno, por lo que no servían para someterlos a un análisis epigenético. Con sinceridad, debería haberlo supuesto, sin embargo, la esperanza es lo último que se pierde. Tendría que encontrar otra vía.

Las mañanas fueron de locos. Tres de los cinco equipos de trabajo se interesaron en mí como posible candidato, aunque para ser sincero, puestos a elegir, prefería al doctor Britt. Tenía una corazonada, me dio la sensación de que era el que más libertad iba a darme y eso era justo lo que necesitaba.

No tuve ocasión de estar solo e insertar el *pen*, aunque cuando el viernes estuve en el archivo de bases genéticas, pude fijarme en que había un ordenador con un punto ciego, necesitaba acceder a ese PC, pero estando solo. Le hice muchísimas preguntas al chico con el que estuve, que era bastante hablador, así me enteré que hasta hacía un año a todos los trabajadores se les tomaba una muestra de saliva para ampliar su base de datos genética. Mi madre hacía lo mismo en Genetech, por lo que la bombilla se me encendió. Si Winni había llegado a trabajar en estas instalaciones, tenía que estar en aquel fichero.

Solo necesitaba levantar el teléfono y pedirle a Noah que me mandara el análisis de ella; una vez lo tuviera y me quedara a solas en el archivo, haría ambas cosas. Dejar entrar a Brau conectando el dispositivo USB, y comparar los análisis de ADN con los de Winni. En cuanto llegué a casa, lo hice, a ver si con suerte el lunes lograba mi propósito. No obstante, antes tenía que pasar la última prueba.

Acababa de aparcar frente a la puerta principal del parque Rosenhöhe, donde había quedado con Ali, según ella, le quedaba cerca de casa.

Era una de las zonas más caras de Darmstadt, por lo que el padre de Ali debía gozar de una buena posición social.

Mientras hacía mis cábalas con los datos que me había ofrecido estos días, la vi encaminarse hacia mí. Llevaba un vestido negro bastante sobrio al que le daba un toque de color con un abrigo de paño rojo y aquella sonrisa que deslumbraba.

—Hola, Marc —me saludó—. ¿Me he pasado mucho? —Dio una vuelta sobre sí misma que elevó la falda mostrando parte de los muslos.

—Estás espectacular, tal vez debería haberme arreglado más para ir a juego contigo.

—Tú estás perfecto. Me gusta la combinación de vaquero negro con jersey blanco de cuello cisne y chupa de cuero, te da un aire muy suculento. —Los ojos le brillaban, era una lástima que no nos hubiéramos conocido en otras circunstancias.

—Suculenta estará la cena. Según mi jefe, a su mujer y a él les encanta la cocina.

Hermano de fuego

Ali era una chica con la que encajaría sin esfuerzo, fluíamos en la misma sintonía y era de agradecer. Le tendí el casco que me había prestado Gyda.

—Espero que te sirva, es de mi vecina.

—Oh, ¿de la que soy suplente?

—De esa misma. Anda, sube. —No tuve que repetírselo, con una facilidad pasmosa se plantó detrás de mí para aferrarse a mi cintura. Apoyó la mejilla en mi espalda y aspiró con fuerza.

—Me encanta cómo hueles —reflexionó. Aquellas simples palabras hicieron que me encogiera. A Winni siempre le había gustado mi perfume combinado con el cuero de la chaqueta. Pensar en ello me hizo dar gas y poner rumbo a casa de Mr. Becker.

En quince minutos estaba frente a la puerta, llamando al timbre y con una sonriente Ali colgada del brazo.

La señora Becker fue quien nos abrió y miró con sorpresa a mi pareja.

—¿Alina? —preguntó de sopetón, dejándome cara de «*Hostiaputaqueseconocen*».

—Cuánto tiempo, Karen, hacía mucho que no nos veíamos. —Ahora sí que quería fundirme, Ali la había llamado por su nombre de pila, así que se conocían. ¿Por qué no me había dicho nada?

—Verás cuando mis hijos te vean... —Mi acompañante le ofreció una sonrisa candorosa seguida de dos besos—. Y tú debes de ser Marc, mi marido me ha hablado mucho de ti, qué alegría me da que salgas con Alina, no habrías podido hacer una mejor elección, esta mujer merece mucho la pena. Pero, pasad, no os quedéis en la puerta. —La señora Becker se movió hacia atrás y yo le susurré a Ali en el oído:

—¿No crees que has olvidado contarme algo? —Ella me devolvió una de sus sonrisas más afables y respondió en mi oreja.

—Lo tengo todo controlado.

Puede que sí, pero a mí me había descolocado por completo.

Mi jefe vivía en una bonita casa estilo colonial, suelos de madera que crujían un poco fruto de los años, pero que le otorgaba carácter a la vivienda. Papel pintado en tonos crema y amplios ventanales por los que seguramente entraría mucha luz natural de día.

El salón-comedor era amplio, había un par de sofás de tres plazas tapizados en color verde, con pinta de mullidos, ubicados frente a una chimenea que estaba encendida dando un cariz hogareño.

Sobre la repisa de ladrillo había varias fotos familiares, vacaciones, graduaciones...

—Adolf, ¡Marc y Alina están aquí! —anunció Karen justo antes de preguntarnos si queríamos tomar algo. Le dijimos que no y le ofrecí mi regalo, una botella de vino tinto y otra del licor predilecto de mi jefe. La información había sido cortesía de Agna—. Voy a buscar a los chicos, deben haber subido arriba. Poneos cómodos, no tardo. —Hizo una pausa para coger la barbilla de Ali—. Pero qué alegría me has dado, Alina, de verdad. Ahora vengo.

En cuanto nos quedamos a solas me planté frente a Ali con los brazos en jarras.

—Habla.

—Puede que te haya ocultado un poquito de información, pero sin mala intención, te lo juro.

—¿Por qué? —pregunté frunciendo el ceño.

—Porque no quería que me descartaras por ser la hija de quien soy. —Se mordió el labio.

—¿Y de quién eres la hija?

—¿Alina? —La voz de Mr. Becker rompió el momento.

—¡Padrino! —exclamó ella, corriendo a los brazos del jefe de Recursos Humanos. Si me tomaban el pulso ahora, fijo que determinaban la hora de mi muerte.

Ambos se estrecharon en un abrazo de lo más fraternal y a mí se me pusieron los huevos por corbata. Un sudor frío me empapó la espalda. Mr. Becker clavaba los ojos en mí con suspicacia. Ahora sí que la había liado, de esta no salía a flote.

Alina se puso a parlotear como una loca. Los hijos de Adolf y Karen Becker bajaron las escaleras junto a su madre, que no dejaba de sonreír.

Hermano de fuego

La chica y los dos chicos fueron a saludar a su familiar y la anfitriona se agarró de mi brazo.

—Mis hijos adoran a Alina, tiene un don para los críos, ha sido canguro de todos ellos cuando mi marido y su padre trabajaban hasta tarde y yo tenía claustro de profesores en la universidad. No sé si Ali te lo ha contado, pero soy profesora. —Preferí no hablar demasiado para que no se notara mi consternación. ¿El padre de Ali trabajaba en mi empresa? ¿En qué departamento?—. Ven, Marc, deja que te presente a los chicos.

En guardia y fuera de lugar me vi saludando a Crista, de dieciocho años, Arno, de dieciséis y William, de doce, quienes, por ahora, me sometían a un escrutinio para evaluar si merecía o no su confianza. Hechas las presentaciones, y dándole un apretón de manos a mi jefe, Karen nos pidió que ocupáramos nuestro lugar en la mesa mientras ella y Adolf se encargaban de traer la cena.

Ali y yo estábamos sentados frente a los tres chicos, que se atropellaban animados para captar la atención de Ali. Yo me mantenía en un segundo plano, en silencio, con los ojos puestos en la fina vajilla de porcelana mientras intentaba ordenar las ideas, aquella cena podía ser un auténtico fiasco, todo por invitar a la persona menos adecuada del planeta. Algo así solo podía pasarme a mí.

No tuve demasiado tiempo para elucubrar el motivo que tendría Ali para no haberme dicho algo tan importante, que su padre trabajara con Becker no me parecía un motivo suficiente, tenía que averiguar qué escondía Ali y por qué no me había puesto al corriente. Los anfitriones no tardaron en aparecer portando la cena.

Una enorme fuente con *kartoffelknödel* (albóndigas de patata) y *sauerbraten* (carne asada) fueron colocadas en la parte central junto con una jarra de agua fría y un par de botellas de vino que Mr. Becker se encargó de servir.

Tanto él como su mujer ocuparon ambos extremos de la mesa.

—No sé cómo lo hacéis en Nueva Zelanda, pero aquí cada uno se sirve lo que le apetece de comida, así nos aseguramos que no sobra nada y la guardamos, que hay mucha gente pasando hambre en el mundo —anunció Karen.

—Me parece una gran idea, señora Becker.

—Por favor, llámame Karen. —Adolf aprovechó para colocar la servilleta sobre su regazo y después nos miró interrogante a uno y a otro.

—¿Y bien? ¿Quién va a contarme lo que sea que haya entre vosotros? —Alina levantó su mano con rapidez para colocarla sobre la mía, que descansaba sobre la mesa, y observarme con un suave aleteo de pestañas.

—Cariño, ¿puedo ser yo quien se lo cuente? Me hace mucha ilusión.

—¿La dejaba? No podía oponerme, pues no sabría ni qué decir. Asentí dudando de si estaba haciendo bien al dejarle esa responsabilidad. Alina se aclaró la garganta—. Bueno, pues nos conocimos como la mayoría hoy en día, por internet, ya sabes una App de ligoteo que aseguraba dar con tu pareja ideal a través de una muestra de ADN. Di mi consentimiento, me mandaron un bastoncito que tuve que reenviar chupado con mi saliva y... Tacháááán. El programa determinó que Marc era mi pareja perfecta.

—¿El ADN puede medir la compatibilidad de las personas? —preguntó dubitativo Arlo.

—Eso prometía la aplicación. Era un programa piloto de la universidad de Nueva Zelanda, los ayudé con la parte informática y me pidieron que también contribuyera con una muestra de ADN —intervine, sumándome al carro de aquella inverosímil historia.

—Marc siempre está dispuesto a ayudar —apostilló Ali. Yo proseguí.

—Sí, bueno, no iba a decirles que no a los chavales, tenían mucha ilusión en el proyecto.

—¿Cómo se llama la App? —preguntó Crista móvil en mano.

—Crista, ya sabes que nada de aparatos electrónicos mientras estamos en la mesa —la riñó su madre.

—No la encontraréis —aclaró Alina, sirviéndose de la fuente de patatas—. Como os ha dicho Marc, era una aplicación piloto. Hecho el estudio y las pertinentes comprobaciones de que era un fiasco, la eliminaron. —Crista hizo un mohín de decepción.

—Pero con vosotros no se equivocaron —observó Karen.

—Fuimos la excepción que confirmó la regla —anoté, levantando la mano de Alina para posar un beso en el dorso. Ali siguió el guion de su particular historia de amor.

—Estuvimos tonteando un tiempo, que si *mails*, videollamadas, pero nada nos llenaba, necesitábamos sentirnos de verdad, así que... Marc cogió un avión y me dio la sorpresa. Lo dejó todo por mí y vino a Darmstadt dispuesto a demostrarme que era la mujer de su vida, lo dijera una App o no.

—¡Qué romántico! —celebró Karen. Mr. Becker pinchaba las patatas como si fueran vampiros y el tenedor una estaca.

—Es que Marc es el hombre que toda mujer querría a su lado; guapo, inteligente, detallista y muy enamorado de su chica. ¿Verdad, amor? —Ali tomó mi rostro para girarlo hacia ella poniendo morritos para que la besara. ¡Qué remedio! Tuve que responder con un pico suave.

—Con una mujer como tú, no es difícil que Marc se enamorara, eres única —corroboró la señora Becker—. Me encanta la pareja que hacéis... —Karen estaba encantada.

—¿Y tu padre que opina al respecto? —Ese fue mi jefe.

—No se lo he dicho, ya sabes lo sobreprotector que es. En cuanto Marc llegó a Darmstadt, le ofrecí la posibilidad de hablar con vosotros para que le consiguierais un puesto en la empresa, no por enchufe, sino porque conocía su valía. Pero él se negó, quiso pasar el proceso de selección como cualquiera, y fíjate, aquí estamos.

—Fue por eso que cuando me propuso lo de la cena yo me mostré reticente, no quiero ningún trato de favor porque Ali sea mi chica —corroboré.

—Y además llevamos nuestra relación con mucha prudencia, queremos estar seguros de funcionar del todo antes de presentarle a mi padre, por eso prefiero que nos guardéis el secreto. —Alina era tan convincente que hasta yo podría haberme creído su historia.

—No me gusta ocultarle nada a tu padre...

—Por favor, padrino... —suplicó Ali.

—Tu padrino no dirá nada, yo me encargo, no vamos a ser nosotros quienes obstaculicemos vuestro amor —masculló Karen—. Y, ahora, cenad, que la comida fría no está tan buena.

Me pasé toda la puñetera noche en guardia, pendiente de no meter la pata y seguir la corriente a Alina, quien comió con voracidad y fue el alma de la cena. Los chicos también participaron en cuanto me sintieron parte de aquel cuadro difícil de catalogar. Me vi envuelto en el rosco de *Pasapalabra*, con un montón de preguntas sobre Nueva Zelanda. Menos mal que cuando tenía veinte años pasé allí unas vacaciones con mis amigos y me sabía la mayor parte de las respuestas, y si erré alguna, no se dieron cuenta.

Cuando acabamos con el postre, el hijo pequeño de los Becker aseguró que quería irse de Erasmus a mi país, y su padre lo contemplaba con el ceño apretado.

Hacia la una de la madrugada, dimos por concluida la cena, los chicos llevaban más de una hora durmiendo. Aquellos sesenta minutos a solas acompañados del licor que había traído dieron pie a Karen a rememorar cómo se conocieron ella y su marido, y el motivo de que Adolf fuera el «padrino» de Ali y su hermana.

Al parecer, cuando el padre de las chicas las adoptó, no estaba casado, había decidido ser padre soltero, y Adolf era su mejor amigo. Por ello, le pidió que si algún día le ocurría una desgracia, quería que él se encargara de administrar su patrimonio, llevar a cabo sus proyectos y cuidar a las niñas como si fueran suyas.

En cuanto aceptó el compromiso, se ganó el título de «padrino».

Ali anunció que era tarde y que no podíamos quedarnos más, pues al día siguiente tenía que madrugar. Karen lamentó nuestra partida y nos acompañó a la puerta con su marido, haciéndonos prometer que iríamos un día a comer con Katarina. Por supuesto, aceptamos, ¿qué iba a hacer a esas alturas de la mentira?, ¿negarme?

Una vez en la puerta, Mr. Becker me apretó la mano añadiendo que nos veíamos el lunes en su despacho para comunicarme su decisión.

Hermano de fuego

Cuando su mujer fue a darme dos besos, masculló un «tranquilo, estás dentro» que no me supo a victoria, pues no sabía si creérmelo o no. Adolf había estado observándome toda la noche con demasiada suspicacia.

Cerraron la puerta y, sin mediar palabra con Ali, nos montamos en la moto para alejarnos.

Estaba enfadado por el engaño, nervioso porque todo se pudiera ir a la mierda y tenía ganas de lanzarle toda la vajilla a la cabeza. ¡No tenía ni puñetera idea de lo que estaba jugándome! En cuanto me alejé lo suficiente y vi un descampado, paré.

Ali rio a mis espaldas y me dio varios golpecitos llenos de júbilo.

—¡Lo logramos! —aulló. Me bajé de la moto de malas maneras. Me saqué el casco y lo lancé contra la hierba. Hasta los descampados tenían trozos verdes. Ella me miró con sorpresa—. ¿Ahora viene cuando sacas el asesino en serie que llevas dentro y me descuartizas?

—¡Me mentiste! —la amenacé—. ¿Cómo se te ocurre? Podrías haberlo arruinado todo, ¡todo!

—No he arruinado nada, sabía lo que hacía y estaba convencida de que no me hubieras dejado ayudarte a sabiendas de que el jefe de Recursos Humanos era mi padrino y mi padre el principal accionista de la empresa.

—¡¿Principal accionista?! —bufé con las venas del cuello a punto de estallar.

—¡Sí! Mi padre es el pez gordo que te paga el sueldo a fin de mes.

—¡Todavía no me ha pagado nada porque has hecho que pierda la oportunidad de entrar!

—No has perdido ninguna oportunidad, conozco a la perfección cómo funcionan, les he visto trabajar desde pequeña, son auténticos tiburones del talento, mi propia hermana trabaja para ellos. No dejarían escapar a alguien por el que tres de sus equipos han apostado. Eso es mucho, normalmente con el sí de un equipo les basta.

—¿Tu hermana también trabaja en mis laboratorios? No he conocido a ninguna Katarina ahí dentro.

—Eso es porque ella es de proyectos especiales, tienen otro lugar donde se dedican a «cambiar el mundo», como dicen ellos, por eso no habéis coincidido.

—¿Otro laboratorio? —pregunté sin comprender.

—Sí, se dedican al desarrollo de proyectos «DGE».

—¿Qué es eso?

—Delicados y de gran envergadura. —¡Joder, joder y joder! Igual Winni trabajaba allí.

—¿Dónde están esos laboratorios? Nadie me ha hablado de ellos.

—No sé dónde están. —Se había puesto nerviosa.

—¿Cómo que no? Has dicho que tu hermana trabaja allí y que el jefe es tu padre.

—Sí, pero a mí no me han llevado nunca, así que no sé la dirección. ¿A qué viene tanto interés? —Tenía que inventarme algo.

—A que ahora mismo no sé cuándo mientes y cuando no, viendo tus dotes interpretativas de esta noche, quizá estás dándome un terrón de azúcar para llevarme donde tú quieres. —Ella dejó ir una carcajada.

—¡Menuda gilipollez! Yo no tengo por qué mentir, pensaba que era eso lo que querías, que mintiera por ti.

—Sí, pero no a mí, sino a ellos conmigo. —Menudo lío.

—Si eres sincero contigo mismo, entenderás lo que he hecho y el porqué. No me habrías dejado asistir y yo tenía muchas ganas de ayudarte —protestó.

—No lo entiendo, ¿porque te ayudé en el atropello de un perro? —Ella se bajó de la moto y vino hasta mí con paso firme.

—No, porque me gustas. —Me tomó de la nuca y me plantó un beso aprovechando que mi boca estaba abierta por la sorpresa.

Reaccioné. Reaccioné porque estaba enfadado, porque una mujer preciosa estaba besándome apasionadamente en el fragor de una discusión y porque en el fondo a mí ella también me gustaba un poco.

Fueron varios minutos en los que nuestras lenguas, labios y cuerpos batallaron, y no fue hasta que la oí gemir que me detuve.

—¿Por qué paras? —preguntó con la boca enrojecida producto de mi ímpetu y la barba.

—Porque no estoy seguro de nada. Me confundes... Yo... —Ella volvió a besarme, pero la aparté. Me miró con tristeza bajando los brazos derrotada.

—Acepto que a lo mejor no he obrado bien, pero me moría por pasar tiempo contigo y esa cena parecía lo suficientemente importante para que lo hicieras. Al principio, ni siquiera sabía dónde trabajabas, y cuando me di cuenta, no quería perder la oportunidad por ser quien soy. Lo siento, perdóname, no pretendí herirte o engañarte para hacerte daño. Esa no era mi intención, quería gustarte tanto como tú a mí. De la misma manera que tú querías entrar en la empresa de mi padre por encima de todo. —Sus palabras parecían sinceras. Me pincé el puente de la nariz.

—No sé, Ali...

—Hagamos una cosa, borrón y cuenta nueva. Mira, mañana he quedado con mi hermana para salir, ella no es como yo, no desconecta nunca, apenas tiene vida social o se relaciona. Hace muchísimo que no vamos a tomar algo juntas y estaría dispuesta a que te encontraras, fortuitamente, con nosotras para que pudieras preguntarle todas esas cosas sobre el laboratorio en el que trabaja y sus proyectos especiales. Eso sí, si primero aceptas mis disculpas. —Aquella proposición hizo que mi cabeza se agitara. Lo que Ali me ofrecía era una ventana muy, muy, muy atractiva.

—No quiero fastidiaros la noche —musité, con mis neuronas dándose cabezazos entre ellas.

—No nos la fastidiarás, pasaré la primera parte de la noche con Kata, te diré dónde estamos y a qué hora entrar y ya está. De todas formas, tenía ganas de presentártela, los dos poseéis muchas cosas en común, y el criterio de mi hermana me importa mucho. Sé que cuando entres en escena y os pongáis a hablar de esas cosas que tanto os molan, os habré perdido a ambos, pero... Merece la pena intentarlo si así me perdonas. —Me ofreció la sombra de una sonrisa—. Venga, acepta y deja que me redima.

—Tengo que pensarlo, ahora mismo estoy muy cabreado. Lo siento. —Ella hizo un mohín y yo aproveché para coger el casco del suelo y subir a la moto—. Vamos, te llevo a casa, que es tarde, dame tu dirección.

—Mejor te indico cuando lleguemos al parque, no creo que te conozcas los nombres de las calles.

Que me dejara llevarla hasta la puerta fue un voto de confianza por su parte. Pensé en lo que había dicho sobre sus motivos y me di cuenta de que tenía razón, que con seguridad no la habría dejado acompañarme a sabiendas de quién era por miedo a que la fastidiara.

Ahora tenía la posibilidad de conocer a Katarina y que ella me diera alguna pista sobre si Winni había trabajado o trabajaba con ella. No podía negarme a algo así.

Una vez paré, sin apagar el motor y con ella devolviéndome el casco, acepté las disculpas y unirme a su salida de la noche siguiente.

Ali me mandaría un wasap con la hora y la ubicación. Volvió a pedirme perdón algo avergonzada por su mentira y yo le ofrecí un cabeceo seguido de un «disculpas aceptadas, nos vemos mañana».

Capítulo 11

P-ER-FE-C-TA.

Katarina

—Kata, te prometo que estás espectacular.

—Sí, claro, con este vestido que me has puesto, que si alguien me tira del cinturón, me deja en pelota picada...

—Oh, venga ya, es noche de chicas, no está mal que alguno de estos hombretones que están por aquí piense en qué se sentiría tirando de la cuerdecita. Cuando una mujer se viste para gustar, debe tener en cuenta lo que piensa el bando opuesto, y en tu caso, querida *herma,* es en cuánto tiempo te tendría desnuda y jadeando. Ese vestido dice fó-lla-me.

—Pues deberías haberme prestado el de fuera-del-mercado.

—No lo comprendo. Eres guapísima, inteligente y con la sexualidad de un cactus.

—Si lo dices por los pelos de mis piernas, me he depilado.

—Lo digo porque tu sexualidad es árida, estás más seca que un desierto.

—Mi sexualidad está bien como está.

—¡Por favor! ¡Si esta tarde cuando te regalé el vibrador con cabezales removibles de bolsillo casi te follas la cara!

—Pensaba que era uno de esos aparatos para las pieles muertas.

—Más bien para las vaginas muertas, que la tuya está de luto perpetuo. Cuando te he visto con la cara llena de jabón y el vibrador en la mano, casi me ahogo con la pasta de dientes.

—Eso te pasa por venir a mi baño cuando podrías estar en el tuyo.

—Me gusta compartir momentos contigo, ya lo sabes....

Lo sabía, claro que lo sabía, y a mí también me gustaba. Ali era mi motor, por ella lo había dado todo, incluso la vida que podría haber tenido.

Di un trago a la bebida y me froté los ojos con cuidado de no echar a perder la capa de pintura que espesaba mis pestañas.

No veía tres en un burro. Alina había insistido hasta la saciedad en encargarse de mi estilismo, maquillaje, calzado y de que tropezara cada dos por tres con todo aquel que se me cruzaba por delante, pues me había hecho dejar las gafas en el bolso porque decía que su gran obra maestra no estaba pensada para que llevara lentes.

Su lienzo había sido mi rostro y ahora mismo estaba tomándome mi segundo *äpfelkirsch*[6] para olvidarme un poco de la mierda de vida que tenía. No bebía alcohol desde hacía siglos, no tenía nada que celebrar, y convertirme en una alcohólica no era una opción válida. No me gustaba la idea de destruir mi organismo por dentro.

La sensación de aquel ligero estado de embriaguez junto a la imagen de Dylan, que no dejaba de martillearme la cabeza, me hicieron volver al pasado, a Sídney, en concreto, al momento en que tras la mejor cita de mi vida el hijo de la doctora Miller me acompañó a la habitación.

Sídney, siete años antes.

«Un beso en la frente, eso es lo que acababa de llevarme», pensé metida en la cama y hecha un mar de dudas. Bueno, eso y un día alucinante en el que había sentido tantas emociones que iba a pasar a la categoría: «uno de los mejores días de toda mi puñetera existencia». No me importó perderme la cena y terminar calada hasta los huesos. Dylan Miller me había hecho sentir, por primera vez en muchos años, viva y libre, aunque esa sensación tuviera las horas contadas.

Tenía que esforzarme más si quería cumplir con la misión que se me había asignado, un beso en la frente no iba a llevarlo a mi cama. Pensé

---

[6] *Äpfelkirsch*: Bebida típica de Darmstadt que consta de un vaso de vino al que se le añade un *shoot* de licor de cereza.